J. POISLE DESGRANGES

LE ROMAN

D'UNE

MOUCHE

Le Livre, La Ferme,
Le Vieux Bidet, A-propos d'un Cheveu,
L'Ennui, Ce qu'on voit à Paris,
Chez le Pâtissier, Le Concierge,
Le Propriétaire, Le Général, Le Juge,
Un Ménage, L'Ouvrière, Le Père Lambert,
Confidences, La Famille pauvre,
La Famille Ricard, Le Mont-de-Piété,
Le Repos de l'Ouvrière, Le Convoi,
Le Cimetière, La Clé des Champs.

PARIS
LIBRAIRIE DU LOUVRE
JULES TARIDE, éditeur
2, rue de Marengo, 2
1872

J. POISLE DESGRANGES

LE ROMAN D'UNE MOUCHE

PARIS
LIBRAIRIE DU LOUVRE
JULES TARIDE, éditeur
2, rue de Marengo, 2
1872

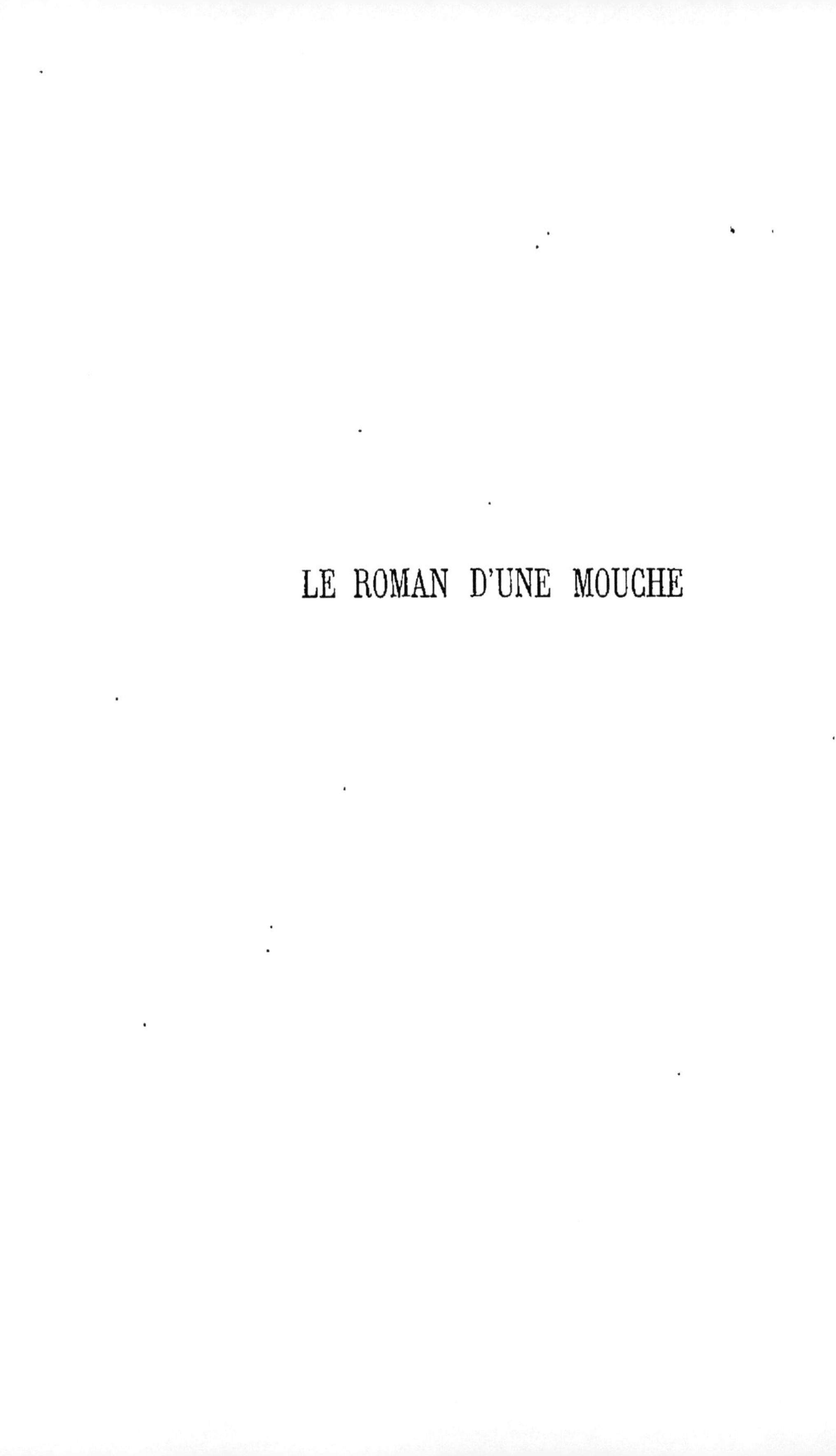

LE ROMAN D'UNE MOUCHE

LE ROMAN D'UNE MOUCHE.

I.

Le Livre.

J'aurais lieu d'être étrangement surpris si les gens enclins à la critique, ou bien ceux qui sont voués à l'incrédulité, ne me cherchaient point querelle pour avoir publié le roman d'une mouche.

Comment, en effet, diront-ils, une mouche peut-elle laisser des écrits ? Elle bourdonne sans cesse, voilà sa seule occupation. Quant à la croire douée de quelque pensée, de quelque réflexion, c'est d'une inconséquence extrême ; car la mouche va tête baissée dans la toile d'une araignée, et elle y reste suspendue par un de ses membres en attendant que celle qui lui a tendu le piège vienne étreindre son corps et sucer son sang.... La mouche est née pour périr. Après elle une autre ou plutôt une myriade de mouches qui ne seront ni plus adroites ni plus prudentes. Or la mouche, qui a dû être créée avec les hommes, ne parle, ne chante, ne peint ni n'écrit. Elle n'a donc rien de commun avec les hommes dont l'intelligence est supérieure à tout être vivant.

Halte-là ! mes critiques. Notre imprévoyance est trop grande pour accuser celle de la mouche. Si le doigt de l'homme peut détruire aisément la toile d'une araignée, il n'en est pas moins vrai que sa cupidité se laisse prendre à la trame bien ourdie des industriels et des soi-disant capitalistes, qui guettent les actionnaires pour leur enlever le fruit de leurs économies et les laisser ensuite périr dans la misère.

La Bourse, par exemple, est une immense toile d'araignée. Le joueur y entre gras et la tête haute; il en sort sec et sucé jusqu'au sang comme une mouche.

Ne blâmons donc pas l'insecte qui succombe comme nous, mais dont la vanité est mois grande que la nôtre.

Vous ne voyez que vous, mortels, sur la surface de l'orbe. Pauvres atômes ! Qu'êtes-vous en comparaison de l'immensité et de la grandeur des cieux, je vous le demande? Si Dieu, de son trône élevé vous aperçoit sur la terre où vous remuez, il doit dire en vous voyant : « Ces mouches-là se donnent bien du mouvement pour peu de chose. Oh ! les orgueilleuses qui méprisent leurs sœurs parce qu'elles sont plus faibles. »

Tout est grand dans la nature, mais tout est petit devant Dieu. Quant à l'homme, son esprit myope n'est pas fait pour juger les objets de loin. Pour les étudier, il faut qu'il s'en rapproche.

Il reconnaîtra alors que la fleur légère et délicate de la saxifrage appelée *le désespoir du peintre*, dont l'aspect tout d'abord peut paraître insignifiant, est d'un détail et d'un coloris charmants. L'artiste qui a baptisé cette fleur a reconnu son impuissance de peintre. Il s'est dit l'élève en reconnaissant Dieu pour le grand maître.

Or si la fleur délicate a besoin d'être vue de près, je dirai même au microscope, pour être admirée, l'insecte imperceptible vu à la loupe a des reflets de pourpre et d'or. Il doit avoir son cri de détresse et ses chansons d'amour.

Mettez dans le creux de votre main, que vous fermerez avec précaution, le coléoptère rouge qui vit aux dépens des lis de nos jardins, et que les enfants nomment communément *couturière*, puis portez cette main à votre oreille, vous entendrez la voix douce et sympathique d'un petit chantre ailé qui n'a pas les accents du rossignol ni de la fauvette, mais qui a reçu du ciel tout ce qu'il lui faut pour se faire plaindre ou se faire entendre si l'on daigne écouter sa plainte ou sa prière.

Ce fait bien établi, qu'y a-t-il d'étonnant qu'une mouche puisse se faire comprendre ? Elle pense, car il lui arrive souvent, pendant le jour et lorsqu'elle se repose, de frotter doucement sa tête entre ses pattes et à plusieurs reprises. Ses idées, j'en conviens sont celles d'une mouche ; mais ne la dérangez pas et vous la verrez longtemps méditer avec calme. Quiconque n'est pas mouche ne saurait d'ailleurs être un bon juge de l'espèce.

On aurait donc tort de supposer que le cerveau d'une mouche est creux. Et on voudrait le dire que je puis fournir la preuve du contraire ; car le livre que j'offre aujourd'hui au public est l'œuvre sérieuse d'une mouche. Je l'ai trouvé ce livre dans le creux d'un arbre, à la campagne. Il m'a paru d'une forme si petite et si curieuse que je l'ai emporté précieusement ; mais il m'a fallu beaucoup de patience pour déchiffrer son écriture de patte de mouche. Les feuillets, si je ne me trompe, avaient été formés avec les pétales d'une rose sèche ; la graine du sureau avait dû servir à l'auteur pour écrire son livre. Pour ce qui regarde la couverture, elle était si riche et si coquette que j'ai dû croire qu'une abeille l'avait faite en cire transparente, et que cette couverture, en raison de son éclat et de ses jolies incrustations, avait dû être rehaussée avec le coloris brillant de certaines fleurs, la nacre et la poussière d'or de l'aile d'un papillon.

Ce livre mignon ne pouvait être exposé aux regards des curieux sans crainte de souffrir le contact des doigts. Je l'ai conservé au nombre des curiosités que je possède ; mais je n'ai pas voulu priver le public des bonnes choses qu'il peut renfermer.

Après l'avoir lu, je me suis empressé d'en transcrire fidèlement le contenu dans les chapitres qui vont suivre. Ce sont les aventures d'une mouche honnête et paisible. J'ai dû par conséquent respecter complètement ses opinions, puisque le fond du livre est bon ; l'éditeur n'a eu d'autre soin que celui de se charger de la forme.

II

La Ferme.

C'est aux champs que je suis née. Je n'ai point connu ma mère ; mais je n'ai pas manqué de sœurs et de compagnes pour m'apprendre à aimer la vie. Elles m'ont guidée vers la ferme qui était bâtie sur le coteau dominant toute la plaine. Nous y entrames tout un essaim, par un jour du printemps et avec un gai rayon de soleil.

Le fermier en nous voyant parut joyeux ; il s'écria :

— Femme ! nous pouvons dire adieu en toute sûreté à l'hiver. Voici les mouches ; c'est un signe de chaleur. Comme elles sont en grand nombre, cela nous annonce une année féconde. Nous aurons du blé et du raisin en abondance.

En un instant nous eûmes envahi la ferme entière. Elle devint dès lors notre domaine, et nous y occupames chacune un poste à l'instar d'une troupe de soldats qui se répand dans une caserne.

La chambre à coucher, la cuisine, la grange, le cellier, les écuries, les greniers, tout fut occupé par notre armée.

Les portes d'entrée et de sortie eurent des sentinelles vigilantes en dedans et en dehors. Les murs des arpenteuses et des inspectrices, les fenêtres des curieuses, les plafonds des voltigeuses, le manteau de la cheminée des frileuses et des gourmandes, la table et le buffet des affamées.

La cheminée était fort spacieuse. Nous pouvions y circuler à l'aise et nous approcher de la marmite où bouillaient le lard et les choux.

Dès que l'heure du repas sonnait au coucou de la ferme, on découvrait la marmite, et nous prenions plaisir à traverser la vapeur qui s'en échappait, au risque de nous brûler les ailes.

Quelques-unes plus folles encore s'élançaient dans la soupière où le pain trempait, et y trouvaient une mort instantanée. Mais moi, moins imprudente, je cheminais seulement au bord des assiettes pleines qu'on servait aux gens de la ferme lorsqu'ils avaient pris place autour de la table.

Il m'est fort souvent arrivé de goûter bien avant eux à la soupe. Jamais il n'y prenaient garde, ou ils semblaient dire en me regardant faire. — Il faut que tout le monde vive, les petits et les grands.

Et d'ailleurs, la cuisine de tel ou tel personnage est-elle plus respectée que celle du fermier? Est-elle réellement à l'abri des mouches? N'arrive-t-il pas au cuisinier de goûter aux mets qu'il prépare? Le maître n'y touche qu'en second lieu. L'habitude du cuisinier a donc force de loi. Pour la détruire, il voudrait refaire l'échelle sociale, et je suis certaine d'avance que les mouches y monteraient encore les premières.

La liberté engendre la licence. Tout le monde connaît cet axiôme; il est parvenu jusqu'à moi, c'est pour cela que je le cite.

A force de familiarités naturelles j'en étais arrivée du bord de l'assiette à monter sur le corps des gens. Je parcourais leurs vêtements, je suivais les veines de leurs mains, je sondais les creux de leur visage, et je m'installais parfois, en sentinelle avancée, sur le bout de leur nez, sans songer que je pouvais les offenser.

Lorsque l'une de mes pattes les chatouillait de trop près ou que ma trompe disposée en suçoir se reposait trop longtemps au-dessus de leurs narines, je me sentais impitoyablement chassée par une main brusque et vigoureuse qui m'aurait broyée si je m'étais laissée atteindre. Mais j'avais le soin de prévoir le coup avant l'arrivée de la main.

Le péril évité, j'en courais volontiers un autre en le bravant sans crainte. C'est ainsi que les poltrons peuvent devenir braves. Il suffit d'échapper aux dangers une ou deux fois pour qu'à la troisième on n'ait plus rien à appréhender.

Pour mon compte, je devenais assez hardie. La lame d'une faux ne me causait aucun effroi. Je me promenais sur son tranchant avec autant de sang-froid que d'habileté.

J'allais parfois dans le cellier m'enivrer au fumet du vin, et je regagnais ensuite le grenier pour m'endormir à l'odeur du foin fraîchement rentré.

Mon existence, comme on le voit, était fort douce et fort agréable ; cependant je m'ennuyais.... La ferme me paraissait sombre, le buffet mal garni, les assiettes trop anciennes, les mets peu délicats, le pain trop bis, et lorsque je regardais au plafond de la chambre j'y trouvais les solives mal blanchies et les araignées trop nombreuses.

Craignant de m'élever vers le danger, je ne hantais pas le plafond. J'étais volontiers l'amie de la table. En parcourant son cercle je me figurais, nouvelle voyageuse autour du monde, que j'y ferais aussi quelque découverte... Une jatte de lait fut mon océanie ! J'arrivai jusqu'au faîte et j'en examinai la profondeur. Cette jatte n'était point complètement pleine du nectar que j'aimais par-dessus toute chose. Or pour y descendre, il fallait aller doucement, c'est ce que je fis, et je pus m'abreuver tout autant que j'en avais le désir. Malheureusement en voulant remonter les bords du lac argenté qui ne m'avait livré qu'une faible partie de sa richesse, la tête me tourna et j'y tombai. C'est alors que je compris tout le danger que je courais. Le lac dans lequel je nageais me parut une mer immense, et les bords des escarpements infranchissables. Le vernis de la jatte glissait sous l'effort de mes pattes tremblantes et mouillées. Cent fois je voulus le franchir, et le flot me repoussa chaque fois loin des bords...

Mon désespoir fut bientôt à son comble. J'envisageais la mort avec effroi ; car cette mort me paraissait la plus cruelle de toutes.

J'avais vu mourir de pauvres insectes privés de nourriture ou qui n'avaient pas pu trouver la feuille d'arbre qui convenait à leur subsistance ; mais moi, mourir au sein de l'abondance, n'était-ce pas mille fois plus affreux ?

Tout mon corps trembla... Je me débattis convulsivement, mais j'avais perdu le raisonnement avec les forces...

Il ne me restait plus que peu d'instants à vivre lorsque la fermière arriva.

Dès qu'elle me vit sombrer elle accourut à mon secours.

— Eh bien ! petite coquette, me dit-elle, vous voulez donc prendre un bain de lait pour vous blanchir la peau ? Je vous conseille dans ce cas d'aller à Paris pour y suivre l'exemple des belles dames, attendu qu'à la ferme le lait ne sert pas à cet usage.

Tout en m'apostrophant de la sorte, la fermière avait allongé son petit doigt dans la jatte de lait, et elle s'en était servi pour me pêcher. Elle le secoua ensuite sur la table et je fus sauvée.

Comme mes ailes, chargées de liquide, me pesaient lourdement sur le dos, et m'empêchaient de marcher, je me traînai de mon mieux vers un petit tas de sel déposé sur la table, et je m'y blottis un moment. Après cela, mes ailes se trouvèrent complètement sèches, et je m'envolai.

Un quart d'heure après je ne me rappelais plus du péril auquel je venais d'échapper.

III

Le vieux Bidet.

A la ferme il y avait deux grands bœufs employés au labour des champs. J'étais heureuse de les suivre dans leurs durs travaux et de me reposer à la pointe de l'une de leurs cornes. C'était là le clocher de ma pensée. J'y rêvais à loisir de même que le poète rêve à son aise au sommet d'une tour.

Quand le laboureur poussait la charrue derrière les bœufs, je pesais de tout mon corps sur leur tête sans qu'ils me sentissent; mais il me suffisait d'avoir confiance en moi-même pour me croire d'un grand poids.

Aujourd'hui que je suis moins insensée, je compare ma vanité à celle des oisifs jouant au grand seigneur, et qui n'ont d'autre occupation ici bas que celle de surveiller les travailleurs et de les gêner par leur présence.

Lorsque nous étions de retour à la ferme, je me disais plus lasse que les bœufs, et cependant, je ne cessais de voler et de bourdonner. Je trouvais même la force d'aller dans l'écurie tourmenter les oreilles de Bidet.

Il n'avait pourtant pas besoin de mes attaques, le vieux serviteur. Les enfants du fermier ne se chargeaient que trop souvent de le chagriner en le maltraitant.

L'un lui tirait la crinière, l'autre la queue, ou bien l'accusant d'être devenu maladif on l'appelait vilain galeux ! On sautait, gambadait sur lui sans qu'il se fâchât ; car c'était le type de la bonté que ce pauvre cheval.

On le chargeait du transport du fumier et de toutes les corvées de la ferme. Ses jambes flageolaient parfois sous le poids d'un fardeau trop lourd ; mais on n'y prenait pas garde.

On disait : — Il est vieux et difforme, s'il meurt à la peine, ma foi, tant pis !

Et cependant, il rendait encore des services.

—Pourquoi l'accabler sur ses vieux jours?—Parce qu'on ne l'aimait pas; parce qu'il était laid et qu'on ne prenait aucun soin de lui.

Sa crinière retombait non peignée sur ses yeux. Son poil n'était jamais étrillé, et sa litière manquait souvent de paille. On lui donnait à manger des herbages et rarement de l'avoine. De sorte que ses forces s'épuisaient de jour en jour et qu'il traînait péniblement sa charpente osseuse.

Bidet n'avait pas toujours été vieux. Le fermier se le rappelait quelquefois et paraissait être le seul qui se montrât moins sévère envers le malheureux animal ; mais Bidet n'était pas l'unique cheval de la ferme :

Il y avait La Grise, une belle et forte jument qui se montrait active en voyage, et Poulinot, l'enfant de la Grise, qui ruait de la bonne façon lorsque les enfants s'en approchaient de trop près. Aussi le respectait-on pour cause.

Quant à Bidet, que l'on accusait injustement de n'être plus bon à rien, j'ai ouï dire que dans son jeune temps il avait su se rendre utile. Voici en quelle circonstance :

Le fermier s'était attardé certain soir dans un cabaret du village où il avait passé tout son temps à boire et à jouer avec des amis. Quand il rentra chez lui, il était ivre; mais il marcha fièrement pour qu'on ne s'aperçût pas de son trouble.

Ce fut peine inutile, sa femme qui l'attendait avec impatience, le vit aller de travers et lui dit :

— Gérôme, couche-toi... Le soleil t'a coloré le front.

— Compris ! répliqua le fermier d'un air hautain. Autant vaudrait dire que je suis dedans. Eh bien ! non, je ne veux pas me mettre au lit, j'ai des devoirs à remplir... Je suis un homme... je ne te dis que cela... Si j'ai bu... après tout, ce n'est pas une raison pour que mon cheval n'ait pas soif... Nous irons tous les deux à l'abreuvoir l'un portant l'autre.

— Y songez-vous ? Gérôme, vous tomberez en chemin, ou bien vous vous noyerez en arrivant à la rivière.

— C'est ce que la lune verra, répondit le fermier.

Et il partit.

Le long du chemin, il chantait à tue-tête en pressant le pas du cheval auquel il donnait de temps à autre des coups de talon de botte dans les flancs.

Arrivé au lieu de destination, Bidet qui aimait les plaisirs de l'eau s'y lança hardiment et y fit sa promenade habituelle en faisant résonner bruyamment ses naseaux.

Pendant ce temps-là Gérôme, fatigué, s'était laissé prendre par le sommeil. Ses mains lâchèrent la bride du cheval qui secoua gaiement la tête en levant les pieds...

L'impulsion fut telle, que Gérôme fit la culbute dans la rivière.

L'eau froide le tira du sommeil où il était plongé et mit fin aussi à son ivresse. Il nagea de son mieux pour regagner la terre; mais la frayeur qu'il eut tout-à-coup en se voyant près des jambes du cheval paralysèrent ses mouvements. Il perdit courage et s'évanouit.

Bidet poussa un hennissement de désespoir en voyant son maître disparaître sous l'eau. S'étant mis à sa recherche, il parvint à saisir avec les dents la blouse du fermier et le déposa sur la berge.

Gérôme reprit connaissance et, lorsqu'il fut remis de la secousse, flatta son excellent cheval qui le ramena à la ferme.

Voilà l'histoire du fermier et l'acte de dévouement de Bidet.

Que l'on dise donc encore que les animaux sont dépourvus d'âme et de sentiment ! Ils ont leurs vices et leurs vertus tout aussi bien que les hommes.

En rapprochant plus tard l'aventure du fermier Gérôme de celle qui m'était arrivée dans la jatte de lait, j'en ai conclu que l'homme et la mouche peuvent tous deux perdre la raison s'ils manquent de sobriété.

Une chute ressemble à une autre chute. La seule différence que j'y vois, c'est que le doigt de la fermière a suffi pour me sortir du milieu du lait, et qu'il a fallu le secours d'un cheval pour retirer un homme du fond de l'eau.

On ne s'étonnera plus maintenant si le fermier prenait pitié du vieux serviteur que l'on maltraitait à la ferme. Je comparais ce pauvre souffre-douleur aux malheureux grands pères qui se font un devoir d'être patients et bons avec leurs petits enfants, et qui se résignent à vivre pour eux et au gré de leurs caprices.

Dieu leur tiendra compte un jour de leur dévouement.

Quant à moi, j'ai plus d'une fois regretté, à présent que je suis en âge de raison, d'avoir joint mes faibles piqûres aux chagrins essuyés par le pauvre vieux Bidet.

IV.

A propos d'un Cheveu.

Une infinité de préjugés sont logés dans notre esprit. Je crois fermement qu'il est difficile de déraciner la plupart de ces préjugés qui deviennent souvent des abus.

N'allez pas supposer que je veuille vous entretenir de la corde du pendu que personne n'ose couper, ou des pieds du noyé qu'on laisse à dessein au bord de l'eau. Ces préjugés-là sont connus de tout le monde; car il y a plus de cent ans qu'on en parle, et je dois les mettre nécessairement de côté. Ce n'est pas à moi de m'occuper de savoir si la coutume est toujours en honneur à la campagne ou bien si les paysans des villes l'ont enfin abandonnée.

Mais, dans ce monde, où chacun rapporte tout à soi, je ne m'explique pas pour quelle raison certaines personnes sont moins dégoûtées d'un cheveu que d'une mouche?

Ainsi par exemple : Qu'une mouche tombe dans un mets friand en même temps qu'un cheveu, et que tous deux y surnagent, on dédaignera probablement la mouche, en disant ce n'est rien ; mais la répugnance pour le cheveu sera telle, que le mets dans lequel on le rencontrera, sera repoussé avec dégoût.

Et pourquoi, je vous le demande?

On ne songe pas que la mouche avant de périr a eu une longue agonie, et que c'est son corps... un corps qui a lutté contre la mort, qu'elle offre aux regards des indifférents.

Mais le cheveu, quelle a été sa destinée et d'où provient-il?

C'est peut-être le fil soyeux et délicat d'une femme blonde et jolie.

Ah ! si vous la connaissiez cette femme, vous feriez pour elle bien d'autre sacrifice que celui d'accepter un de ses cheveux dans votre verre ou dans votre assiette. Que dis-je? Pour le posséder, ce cheveu fin comme celui de la Vierge, vous donneriez tous les vôtres, au risque d'être chauve ou de porter perruque et de déplaire ensuite à votre amante :

Voilà pourtant le jugement des hommes. Ils attachent du prix aux choses, ou bien ils ont de la répugnance pour elles, suivant le caprice ou la fantaisie qui les gouverne.

La mouche n'est rien à leurs yeux, parce qu'ils la jugent légèrement. De la mouche au bœuf, il n'y a pourtant que l'aile de l'insecte pour y atteindre.

L'homme ne pouvant créer se plaît à détruire. Il écrase la mouche parce que, dit-il, elle est méchante. Le hanneton parce qu'il nuit aux récoltes. Le ver parce qu'il rampe sur la terre. Il n'y a que la fourmi qui passe inaperçue sous le pied de l'homme et qui lui échappe aisément quoique plus nuisible que le ver. Mais le ver rongera un jour le corps de l'homme, et celui-ci se venge d'avance.

Après les insectes de toute nature qu'il immole souvent pour la vue, tels sont les papillons et les oiseaux, l'homme a les plaisirs de la chasse. Il n'hésite pas non plus à verser le sang d'un poulet. Le mouton va à la boucherie en compagnie du veau, de sa mère et de ses parents. L'homme en vrai despote, et comme un cannibale, s'abat sur le faible ou plutôt sur tout ce qui est inoffensif. Il crie vengeance lorsque les insectes ou les animaux mangent des feuilles ou des fruits ; mais lui, en raison de ce qu'il est le plus fort et le plus grand, il juge à propos d'absorber tous les produits de la terre et des arbres, et de dévorer en même temps les animaux.

Ah ! si la mouche, qu'il accuse d'être méchante parce qu'elle s'attache parfois à sa figure ou à ses mains, voulait positivement lui déclarer la guerre, c'est alors qu'il serait moins fier de sa force et de sa puissance. Il tremblerait de tout son corps comme un lièvre pris au piége.

Jadis une mouche a défait un lion et l'a réduit à mordre la poussière ; il suffirait d'une armée de moucherons, bien organisée, pour détruire les hommes.

Rien de plus facile que d'établir le plan de campagne :

Supposons que les mouches s'entendent avec les autres insectes de leur force, et que chaque classe forme un régiment.

Nous aurions d'abord pour avant-garde des lanciers courageux que l'on pourrait prendre parmi les insectes appelés *Cousins*. Le dard dont ils se serviraient pour piquer nos ennemis serait pour nous d'un grand avantage.

Les fourmis seraient nos soldats du génie, et elles nous fourniraient des sapeurs.

Nos tambours et nos clairons se trouveraient parmi les gros bourdons. Leur bruit incessant aurait pour but d'assourdir les oreilles des hommes.

Les mouches à corselet vert formeraient le corps des cuirassiers.

Quant aux guêpes, elles seraient nos dragons de la mort, et se feraient suivre au besoin des frelons et des cantharides.

Les mouches d'appartement auraient le commandement des troupes et choisiraient, parmi les plus distinguées, les généraux, les aides-de-camp, et tous les chefs d'état-major.

Ainsi organisée notre armée pourrait braver les fusils et le canon lui-même. Je ne parle pas de l'arme blanche parce qu'elle frapperait inutilement dans l'air.

Un simple petit bibet, un enfant de la troupe moucheronne, porterait à lui seul les perturbations les plus grandes dans le camp ennemi, s'il s'attaquait de préférence aux chefs.

En effet, quel général, si habile qu'il fût, pourrait lutter avec un ciron qui s'introduirait dans son cerveau? Quel est le maréchal de France qui oserait s'aventurer contre nous, s'il avait un moucheron dans chaque œil?

Les mouches, n'en doutez pas, seraient victorieuses des hommes. Ce n'est pas le papier tue-mouche qui nous effrayerait. Nous serions assez sages pour ne pas y goûter. Aucun rayon de miel ne nous tenterait avant la bataille...

Je m'arrête, car on pourrait croire à mon langage que je suis une mouche offensée méditant la perte des hommes. Mon but n'est pourtant pas de donner des mauvais conseils à mes semblables. J'ai horreur de la guerre! Mon livre ne sera lu, je l'espère, que par des esprits sensés; ils comprendront que mon intention a été seulement de prouver aux hommes que la valeur d'une mouche est égale à la leur, et que nous aurions aussi nos moyens de destruction si nous songions à leur nuire.

Nous les gênons, disent-ils; mais, eux-mêmes, ne nous gênent-ils pas, lorsqu'ils nous chassent en nous privant de tout ce qui contente leur gourmandise? Pourquoi cherchent-ils à nous faire périr? Notre existence est si courte, en comparaison de la leur!

Le ciel a été pour eux d'une bonté sans pareille; car il les a comblés de tous ses dons et nous a fait leurs tributaires. Ils osent cependant trouver à redire à cet ordre de choses. On les entend se plaindre à la moindre mouche qui les pique... Heureux seigneurs ! vous vivez du miel de nos travailleuses ; soyez donc moins ingrats, ou bien l'abeille cessera de vous le donner et n'amassera plus la cire qui sert à vous éclairer.

V.

L'Ennui.

Le titre dont j'ai fait choix pour ce chapitre pourrait surprendre le lecteur, si je ne me hâtais de lui dire que je n'ai l'intention de lui causer aucun ennui. Qu'il se rassure donc à ce sujet. L'écrivain doit avoir un style gai et laconique. Malheur à celui qui empâte ses phrases dans un discours qui n'a ni commencement ni fin. Un livre qui vise à la page se lit du pouce ou ne se lit pas. Le peu de morale qu'il contient se trouve ordinairement noyé comme une mouche dans du lait. Car on n'amuse pas le lecteur avec de longues dissertations. On ne prêche pas deux heures en chaire sans ennuyer son auditoire. Et l'ennui, c'est un mal accablant ! C'est une gêne qui serre petit à petit nos membres dans un étau et qui finit par les broyer. L'ennui c'est aussi une longue page de chiffres posés fort près les uns des autres et qu'on ne peut parvenir à additionner sans se tromper au total.

Craignons donc d'ennuyer et plus encore d'être ennuyés.

Il y a pourtant des gens qui trouvent le moyen de faire l'éloge de l'ennui.

Tel est le poète amoureux qui chante les beautés d'une nuit noire et profonde, et qui vante les charmes de la forêt sombre où son imagination cherche en vain la route de l'esprit. Selon lui, l'ennui est un rêve mélancolique. Ce sont des regrets laissés en arrière. C'est une longue attente ou une déception cruelle....

Pour l'homme positif, l'ennui, c'est... l'ennui. On le ressent mieux qu'on ne le dépeint. Cependant j'essayerai d'en dire quelques mots, en le divisant en trois classes.

Il y a d'abord l'ennui que l'oisiveté ou le manque de travail occasionne. Vient ensuite l'ennui causé par la souffrance, et en dernier lieu, l'ennui qui provient d'un certain manque de liberté ou d'un esclavage réel.

Un maître qui a beaucoup de serviteurs à ses gages, et qui veut qu'on se soumette à ses ordres, est continuellement accablé par l'ennui. Tout ce qui s'exécute sous ses yeux lui semble mal fait. Il commande fort souvent mal à propos, et il trouve plus tard le moyen d'adresser des reproches aux gens qui lui ont obéi. Il s'irrite sans motif ; il se fâche pour un mot, et il chasse ses meilleurs domestiques pour en prendre d'autres qui le volent avec audace. Il se plaint journellement du sort... Le temps lui déplaît en toute saison. Le soleil l'accable à la promenade ; la pluie le retient dans son appartement ;

le froid lui rougit le bout du nez ; le feu lui dessèche le poumon ; les soirées au dehors l'éloignent de son hôtel, et le spectacle l'endort. Bref, cet homme n'aime plus la vie. A l'entendre les valets sont plus heureux que les maîtres. Et la raison de tout cela, c'est qu'il est fatigué de son bien-être. Or s'il s'impatiente, s'il s'emporte et s'adonne à une colère qui peut jeter le trouble dans son cerveau, on peut dire assurément que c'est le résultat de l'ennui. Ajoutons que personne n'a le courage de le plaindre.

Le malade réclame seul la pitié qu'on ne saurait accorder au riche bien portant ; car le malade, c'est l'être réellement ennuyé de la vie, et qui néanmoins y tient plus qu'on ne le pense. Il a des impatiences qu'on excuse, des inquiétudes fort souvent motivées. Il se tâte le pouls à chaque heure du jour, tous les quarts d'heure ou toutes les cinq minutes, et même au moindre battement réitéré de son cœur. Il demande le médecin, parce qu'il s'ennuie de pouvoir le consulter sur un malaise pour lequel il l'a déjà consulté la veille. Puis il le congédie parce qu'il craint d'accumuler avec ses demandes indiscrètes le nombre des visites du médecin. Et toute la journée s'écoule lentement avec l'ennui.

— Je ne guérirai pas dit-il en s'affligeant. Le médecin ne connaît pas la maladie qui m'assiège. C'est un jeune homme, il manque d'expérience ; ou bien il est vieux, sa médecine n'est plus de mode. De quelque manière que le malade se retourne dans son lit, l'ennui le berce sans réussir à l'endormir....

Nous arrivons enfin au plus fort des ennuis. C'est celui que ressent tout individu privé momentanément ou pour toujours du bien suprême... de la liberté !

Cet être-là doit souffrir mille fois plus que le malade qui a des soins et le doux espoir de recouvrer la santé ; car le prisonnier n'a pas toujours un rayon d'espérance devant les yeux.

Le manque de liberté, c'est le manque d'air.... C'est la disparition du soleil... C'est... Que vous dirai-je? si ce n'est que je gémis sur toute espèce de captivité méritée ou non méritée.

Un hanneton qui est tenu par un fil que sa patte ne peut rompre ou détacher qu'aux dépens du membre, me retrace l'ennui d'un fonctionnaire qui ne saurait renoncer à son serment sans briser son avenir ou entacher sa réputation. Tous deux déplorent l'ennui de leur lien.

L'ennui de l'esclave, c'est encore celui que supporte le cyprin doré dans son vase de cristal où il tourne comme un pénitent. C'est le barreau étroit qui retient l'oiseau dans sa cage... C'est le fer poignant qui cloue le papillon sur une planche de liège où il est destiné à périr en martyr. ... etc., etc.

Après les ennuis que j'ai essayé de retracer rapidement pour ne pas trop m'affliger sur eux, il existe des ennuis obligatoires que l'on supporte malgré soi et sans pouvoir s'en préserver.

De ce nombre est l'ennui d'entendre continuellement le roucoulement plaintif de deux tourtereaux qui n'ont pas d'autre chanson du matin au soir, et dont la jouissance consiste à rester au nid tout l'été.

S'aimer, c'est le bonheur suprême ! Mais il faut s'aimer dans un bois, au fond d'une retraite isolée, dans une chambrette à l'abri des regards des curieux, et ne pas faire participer autrui à notre bonheur.

Les tourtereaux sont des oiseaux privés de bon sens. Ils devraient songer à être moins langoureux et surtout à ne point se becqueter devant le monde. Le nid de l'amour a besoin d'un ombrage couvert. Les rideaux doivent toujours en être clos.

Si les poètes se sont plu à chanter les mœurs douces des tourtereaux et celles des pigeons, ils se sont grandement trompés à l'égard des derniers.

Je sais comme l'enfant que deux pigeons s'aimaient d'amour tendre ; mais je dois dire en dépit de la fable, et sans attaquer son auteur qui était l'ami et le défenseur des animaux, que les pigeons sont moins doux que la renommée ne les a faits.

A la ferme, j'ai connu deux pigeons qui ne descendaient pas de ceux du bon Lafontaine. Ils m'ont appris à juger des chaînes de l'hyménée toutes les fois qu'elles pèsent sur l'un des deux époux.

Ces pigeons, qui ne s'aimaient point d'amour tendre, étaient sans cesse en querelle ou en rumeur. Les plumes voltigeaient çà et là dans le colombier, et j'ai vu plus d'une fois jaillir le sang du cou blanc de la jeune esclave qu'un mâle exigeant et sévère tenait en charte privée.

Lorsque la malheureuse mère voulait quitter son nid pour prendre un peu de nourriture, le mâle l'obligeait à rester sur ses œufs, et ne songeait jamais à la suppléer. Il faisait la roue autour d'elle avec une insolence de maître absolu. Malheur à elle si ses yeux se portaient par hasard sur un pigeon biset ou sur quelque pigeon voyageur venant à passer non loin du colombier ! Le maître devenait alors le bourreau de son esclave.

Comme mouche j'ai pu voir leur intérieur de près, et j'ai su les juger mieux que les fabulistes qui font des pigeons un modèle d'amour conjugal. Je me prononce en étant d'avis que les tourtereaux sont des amants indiscrets qui affichent leurs plaisirs au grand jour, et que les pigeons sont des époux inquiets dont le ménage troublé ressemble fort souvent à celui des hommes. Car la femme n'est pas seulement l'esclave du bonheur de ses enfants, elle l'est en tout temps d'un mari qui se montre impérieusement le maître, et qui est parfois dur et méchant envers elle.

C'est sans doute une des causes de l'ennui profond qui règne dans certains ménages.

VI

Ce qu'on voit à Paris.

Peut-être trouvera-t-on que, pour une mouche, j'ai fait une bien longue causerie sur l'ennui, peut-être aussi me reprochera-t-on d'avoir traité plus d'un sujet dans le même chapitre?

Une mouche, vous le savez, voltige d'une chose à une autre; mais elle oublie rarement le but qu'elle se propose d'atteindre.

En vous parlant de l'ennui, j'ai voulu vous entretenir du mien, et j'y suis arrivée indirectement.

Mes habitudes au village commençaient à me déplaire. Celles de la ferme ne me procuraient aucune gaieté. J'y avais fait toutes les études que je pensais pouvoir y faire. Le désir de voyager me poursuivait. J'avais hâte de voir la ville pour m'y instruire sur des mœurs et coutumes plus vives et plus bruyantes qu'à la campagne.

Un soir, le fermier dont les terres étaient éloignées de douze lieues environ de la capitale, prévint sa femme qu'il irait à Paris, chez la comtesse de F...., pour lui porter une certaine somme d'argent, montant du loyer du fermage, et lui offrir en même temps deux beaux poulets et quelques paniers de fruits.

Je me tins aussi pour avertie ; c'était une bonne occasion de le suivre pour connaître Paris.

Le lendemain matin, le fermier tint parole. Il attela La Grise à une espèce de cabriolet garni d'osier au dehors et qui avait un grand coffre dans lequel on mit les paniers. Puis il monta en voiture en prenant son fouet d'une main et de l'autre les guides du cheval, qui se dirigea tout aussitôt sur la grande route en laissant derrière lui la ferme et ses habitants.

J'avais eu le soin de m'installer dans le cabriolet ; mais une fois en pleine route, et quand j'eus vu que la campagne la bordait à gauche et à droite, je voulus prendre aussi mes ébats comme La Grise, qui allait bon train, et je me mis à voltiger autour d'elle.

De temps à autre le fermier faisait claquer son fouet comme un homme content de lui-même et qui est heureux de faire du bruit sur son passage.

Lorsque la lanière de cuir sifflait aux oreilles du cheval, je me plaçais au dessus de la tête de l'homme, en tâchant de ressembler à une étoile qui plane dans les cieux, ou bien, décrivant un cercle autour de son front, je dessinais son auréole de gloire.

Nous cheminames tous de la sorte et satisfaits les uns des autres ; car je me gardai bien d'imiter la mouche du coche en ce jour de fête. Je respectai les flancs de La Grise auxquels je ne m'attachais que pour me reposer.

Quand nous eûmes fait à peu près la moitié de la route, le fermier eut besoin de se rafraîchir le gosier.

La poussière du chemin était grande ; vous pouvez, d'après cela, vous rendre compte de la soif du voyageur.

Nous nous arrêtames à la porte d'un cabaret. La Grise était en nage. Il faut dire que nous étions au mois de juillet ; la chaleur était accablante.

Le cheval eut un seau d'eau dans la rue tandis que le fermier se fit servir une bouteille de vin au cabaret.

A l'une des tables se trouvaient des joueurs qui lançaient des bouffées de tabac aux vitres de la croisée. Leur ardeur au jeu de piquet s'exprimait par des cris incessants, et elle n'était interrompue que par le choc des bouteilles et des verres que l'on vidait à qui mieux mieux.

Pendant que le fermier se désaltérait, je crus devoir en prendre également à mon aise. Au bord de la route où nous nous trouvions, et vis-à-vis du cabaret, il y avait un champ planté de cerisiers. J'y fus me rafraîchir sans causer grand dommage aux richesses de ces arbres.

En revenant de mon excursion je trouvai la voiture prête à repartir, et je me plaçai derrière le conducteur de la même manière que l'eût fait un laquais.

Nous arrivames enfin à Paris par un faubourg fort animé.

— Du bruit, du bruit ! m'écriai-je sans être entendue. Quel bonheur !

Et ce bruit, j'en conviens aujourd'hui, m'étourdissait d'une façon désagréable.

Dans toutes les rues où il fallait passer, il y avait encombrement de piétons et de voitures. On ne peut mieux comparer l'animation des habitants de Paris qu'à celle des fourmis qui vont et viennent en tous sens dans un coin de terre !

L'un porte un fardeau, l'autre s'en débarrasse. Celui-ci crie à gorge déployée, celui-là va tout rêveur les deux mains dans les poches sans dire mot et le nez droit vers le danger. Un passant heurte son voisin, et tous deux se fâchent.

— Ah ! les malheureux habitants ! comme ils sont les uns sur les autres ; comme ils se bousculent ; comme ils sont imprudents ; ils doivent périr comme des mouches !

Au moment même où je faisais ces réflexions, un enfant disparaissait sous la roue d'un omnibus, espèce de voiture longue où je doute fort qu'on respire aisément, et au sommet de laquelle se trouve un cocher qui a plutôt fait de s'occuper de ce qui se passe dans les maisons que de voir en bas de lui les gens qui s'exposent.

Plus loin ce fut une femme qui, pressée de dépasser

un brillant tilbury, se laissa tomber sous les pieds du cheval.

Je détournai les yeux pour ne pas voir ce malheur; mais j'entendis des cris perçants auxquels succéda tout aussitôt le calme de la mort.

— Pauvres mouches ! pauvres mouches ! répétai-je avec douleur.

Je pris le parti de regarder les devantures des boutiques.

Les marchands me parurent avoir pour la plupart une figure portant l'empreinte ou le cachet de ce qu'ils vendaient.

Le boulanger se montrait le teint pâle et couvert de farine. L'épicier présentait une tête en pain de sucre. Le débitant de vin, un certificat de bonnes vendanges sur toute la face, et le marchand de melons, un nez chargé de protubérances qui avaient dû pousser sur couche comme les fruits de son étalage. Le boucher jouissait d'une santé de chair fraîche; quant à la tripière, je crus voir qu'elle avait une bouche et des yeux semblables à ceux d'une tête de veau échaudée. Tout cela me fit faire encore une réflexion, pour laquelle je prie le lecteur de ne pas prendre la mouche, c'est que les choses ont assurément des ressemblances entre elles aussi bien qu'il en existe entre les bêtes et les hommes.

Hélas ! je fus punie pour m'être arrêtée à établir ces sortes de ressemblances ; car m'étant dirigée du côté d'une fenêtre située à l'entresol d'une maison d'assez belle apparence, et m'étant glissée derrière la croisée, elle se referma sur moi, et je restai prisonnière. Un rideau de velours cramoisi vint assombrir en même temps l'endroit où je me trouvais.

Tout d'abord, et en sortant du grand jour, je me crus dans une cave ; mais peu à peu la lumière se fit ; j'aperçus des meubles en bois de palissandre, un lit sculpté, des chaises et un fauteuil recouverts en étoffe pareille au rideau, et de riches tapis. J'étais dans une jolie chambre à coucher.

Une femme, qui remettait divers objets en ordre, était celle qui m'avait rendue captive.

Je fus tentée de maudire ma curiosité et l'empressement de cette femme à fermer la croisée, lorsque dans l'appartement je vis une porte entr'ouverte et permettant d'entrer dans un boudoir coquet et bien éclairé. J'y volai en toute hâte...

O délicieuse rencontre ! pour une mouche qui aime à apprécier ce qu'il y a de bien dans la nature humaine ! Une jeune dame était placée devant une toilette chargée de savons et d'objets de parfumerie. Mille senteurs agréables se répandaient autour de la dame qui contemplait ses cheveux noirs et bouclés dans une glace entourée d'un rideau blanc.

M'étant approchée d'elle, je reconnus qu'elle était d'une beauté ravissante. Son maintien avait quelque chose de sérieux ; mais sa mise négligée donnait un attrait de plus à ses charmes.

Je regardai ses épaules avant de m'y reposer ; je me demandais si la neige était plus blanche, et en passant devant sa ceinture, je vis que le printemps l'avait avantagée des dons les plus heureux.

Elle n'avait point encore emprisonné son joli corps dans un étroit corset, de sorte que son peignoir orné de dentelles, en s'ouvrant négligemment, mit à découvert des trésors que l'amour doit seul connaître.

Je crus voir deux boutons de rose, et j'allais me poser sur l'un d'eux lorsque la belle jeta un cri.

Sa femme de chambre accourut toute troublée.

— Madame appelle, s'écria-t-elle, j'arrive à son secours. Qu'y a-t-il ? ô mon Dieu !

— Une mouche ! répondit la dame en s'entourant de son peignoir et prenant un air outragé. Chassez-la au plus vite de l'appartement, et une autre fois, veillez mieux sur moi. Ne savez-vous pas qu'une mouche peut donner le charbon ?

— Le charbon ! répéta la femme de chambre avec une exclamation exagérée. Grand Dieu ! que deviendrais-je si j'étais la cause de votre perte ? Une maîtresse aussi belle et aussi aimée que madame ! Ah ! j'en mourrais!...

La dame fut satisfaite du compliment. Je la vis sourire avec coquetterie ; mais la femme de chambre qui avait entr'ouvert la croisée me chassa avec son mouchoir.

Honteuse et indignée à la fois d'avoir été chassée pour une légère offense, je me plaçai près des carreaux en dehors de la croisée. On ne s'inquiéta plus de moi, et le dame, aidée de la femme de chambre, fit sous mes yeux tous les apprêts de sa toilette.

A peine cette toilette fut-elle achevée qu'une servante annonça la couturière de madame.

— Faites entrer ! dit madame qui ne jugea pas à propos de dissimuler ses appas sous la dentelle de son peignoir.

Je l'aurais crue décente devant une étrangère, puisqu'une mouche l'avait si vivement inquiétée ; mais j'étais dans l'erreur ; car on parla de toutes sortes d'atours, et la dame s'exprima en ces termes :

— On porte les robes très-décolletées, n'est-ce pas cette année ?

— Comme madame l'a remarqué, répondit la couturière.

— Eh bien ! reprit la dame, en mettant doucement à découvert ce qu'elle avait subitement caché pour moi un instant auparavant, je ne sais si je dois me décolleter.

— Pourquoi cette réserve ? Madame est si bien faite, si ravissante ! répliqua la couturière, en appuyant sur chaque mot, qu'une robe décolletée fera son triomphe au bal et la jalousie de bien des femmes.

Le sein de la belle trembla.... La couturière ajouta :

— Ah ! madame ! Le cygne peut-il dérober la blancheur de son col à nos regards ? Oh ! non ; ce n'est pas possible ! Décidément je vous ferai une robe décolletée, très-décolletée !...

La belle fut au comble de ses désirs ; mais elle reprit en minaudant :

— Du tout ! je la veux demi-décolletée. Si elle n'est pas à mon goût, je vous préviens que je ne la recevrai pas. Vous serez obligée de m'en faire une autre.

— Madame sera contente de la robe et de la façon, répondit la couturière ; je connais le bon goût de madame et quelles sont ses intentions, je saurai m'y conformer en tout point.

Elle se retira.

Mon indignation, après cet entretien fut, je l'avoue, aussi grande que la coquetterie de la dame.

J'aurais voulu, dans ma colère, piquer cette femme au vif!... La vitre m'en empêcha.

En m'éloignant de la coquette je me contentai de lui souhaiter qu'une mouche pût lui donner une leçon sévère au bal.

VII.

Chez le Pâtissier.

Au sortir d'une croisée, il faut entrer par une porte si l'on ne veut pas loger dans la rue. Je ne connaissais pas assez les quartiers de Paris, où je venais d'arriver, pour y rester exposée; je pris le sage parti de me placer dans une boutique.

La meilleure était celle qui se trouva au bas de la fenêtre que j'avais quittée. J'entrai chez un pâtissier-traiteur.

Ma gourmandise fut, j'en conviens, éveillée de nouveau. On sortait du four une grande quantité de gâteaux, parmi lesquels il y en avait de dorés, contenant des fruits sucrés ou qu'on recouvrait de confitures. Les biscuits à la cuiller reposaient mollement sur le papier qui leur servait d'assiette. Une corbeille remplie de macarons et de massepains m'invitait à y goûter. Jamais tentation ne fut plus forte pour une mouche qui, depuis son aventure du lait, avait promis d'être réservée à l'endroit de sa bouche.

La faim n'étant pas toujours maîtresse de l'esprit, je me hasardai à ramasser quelques miettes d'échaudés sur le comptoir; mais on me renvoya. Je me réfugiai alors au sein d'un vol-au-vent qui attendait patiemment sa garniture à la financière.

Sur ces entrefaites, un visiteur entra dans la boutique :

C'était un homme sec comme un biscuit de Reims et friand comme une poule normande. Il portait un long habit noir.

Ne pouvant pas voir sa figure comme je l'eusse désiré, j'observai ses mouvements.

Il avala deux religieuses, autant de brioches, une nonnette et un choix d'autres petits gâteaux. Les babas lui parurent trop lourds pour son estomac en forme de dindon; mais il eut le soin d'arroser ce qu'il avait pris avec deux verres de madère.

Ce léger repas achevé, et sans préjudice de ce qu'il comptait prendre un peu plus tard à sa table, il passa au comptoir et paya la somme de 2 francs 50 centimes.

— Quelle coûteuse gourmandise! me disais-je. Cet homme-là doit être chéri des pauvres, s'il est généreux avec eux en comparaison de ce qu'il dépense chez le pâtissier.

Ce n'était pas tout. Il dressa un menu de trente francs pour son dîner, et se retira en priant le chef de la maison de soigner la commande.

L'homme en habit noir s'en allant, deux vieilles bigottes se glissèrent derrière lui dans la boutique, tout en baissant les yeux.

Elles mirent religieusement la main sur des meringues à la crême et des éclairs glacés au chocolat, et s'en barbouillèrent le nez et le menton. Puis, acceptant dévotement les babas dont l'homme en habit noir n'avait pas voulu, elles en firent deux bouchées.

Lorsque leur estomac fut suffisamment garni, elles demandèrent à se rafraîchir. On servit à chacune, et suivant son désir, un verre de vin de Bordeaux sur une petite assiette à dessert.

Celle des bigottes qui eut la force de parler, après s'être ainsi restaurée, toussa un peu dans son mouchoir et s'adressa à la pâtissière qui, tranquillement assise dans le comptoir, tournait le dos à une grande glace :

— A propos, madame Ducroquet, j'ai à formuler des plaintes sérieuses.

— Vous avez à vous plaindre, répondit Mme Ducroquet, dont l'un des yeux s'ouvrit en amande douce, tandis que l'autre se repliait sur les bords comme un chausson aux pommes. Ne seriez-vous pas satisfaite de la tourte d'entrée que vous avez eue dimanche dernier? Les quenelles en étaient cependant toutes au turbot.

— Ce n'est pas de la tourte dont nous avons été mécontentes, mais...

— Serait-il arrivé un accident au croque-en-bouche que je vous ai envoyé?

— Précisément! et pour comble de disgrâce il a fallu, par hasard, que ma sœur et moi nous fussions à la fenêtre pour voir votre petit pâtronet lorsqu'il s'est mis, au beau milieu de la rue, à recoller notre croque-en-bouche à l'aide de la langue et des doigts.

— Vous l'avez vu ?

— Nous l'avons vu de nos propres yeux, le sale petit pâtissier ! Et nous n'aurons plus l'idée de commander pareil dessert. L'aventure nous en a dégoûtées.

— Vous auriez tort, mesdemoiselles, répondit le chef de la maison, qui avait tout entendu de l'arrière-boutique d'où il sortit poliment, le berret blanc sur la tête, et en relevant un pan de son tablier dans le cordon qui lui tenait lieu de ceinture. Je vous prie de ne pas renoncer aux croque-en-bouche dont je tiens à conserver la renommée. Je regrette vivement l'accident qui vous a déplu, et les choses se passeront différemment à l'avenir, je vous le promets.

Pour vous prouver mes bonnes intentions, je vous annonce que je chasserai dès aujourd'hui le polisson qui, par suite de sa maladresse, aurait pu me faire perdre votre confiance. Oui, répéta-t-il avec animation, je le chasse ! c'est bien entendu...

— Vierge Marie ! calmez-vous, monsieur Ducroquet ; nous ne voulons pas qu'il soit fait ce que vous dites. A tout péché miséricorde, ô mon Dieu ! Si vous le renvoyez de chez vous, le petit mal appris, il recommencera ses raccommodages ailleurs. Donnez-lui du pain sec pendant huit jours, la punition sera légère, mais elle fera meillenr effet.

— Non, non ! vous ne me connaissez pas, mesdemoiselles, reprit M. Ducroquet ; quand je veux sévir, je suis inexorable !

Les deux bigottes se retirèrent assez satisfaites ; car tout en ne voulant pas la mort du pécheur, elles étaient bien aises qu'il fut atteint cruellement.

M. Ducroquet rentra dans l'arrière-boutique, et se trouvant face à face avec son apprenti, lui tint alors ce langage :

— C'est donc vous, petit maladroit, qui resoudez les croque-en-bouche de mes clientes, et qui léchez en travaillant la moitié de la soudure ?

L'enfant parut inquiet, le pâtissier poursuivit :

— Qu'on vous y reprenne une autre fois, et je vous tire les oreilles en retenant sur vos prochains appointements le prix de la marchandise qui ne serait pas livrable. Apprenez à mieux faire le service, et sachez, petit sot ! que lorsqu'on a commis une maladresse, il faut savoir la réparer en s'abritant dans l'escalier d'une maison ou dans une allée sombre... Qui ne voit rien ne dit rien !....

Telle fut la leçon que donna M. Ducroquet à son élève.

Ayant sévi de la sorte, il se remit à l'ouvrage, et le petit garçon l'aida à faire des boulettes... au godiveau....

Je me promenais sur les murailles du vol-au-vent qui me servait de rempart ou de forteresse, lorsqu'une nouvelle pratique du pâtissier se présenta.

C'était une douairière de soixante ans, pour le moins. Elle portait un chapeau cabriolet qui datait du jour de son heureuse naissance, et un châle dont elle avait dû hériter de son illustre mère qui s'en était parée en 1789.

Ce châle, auquel il ne restait plus que le reflet du ventre d'un perroquet vert, avait perdu sa frange en 1830, et ses vives couleurs en 1848.

La demande de la vieille dame fut brève, lorsqu'elle s'adressa à Mme Ducroquet :

— Avez-vous des gâteaux rassis, dit-elle ?

— Quelques-uns, répondit la marchande.

— Où sont-ils ?

— Sur l'autre comptoir... Voici d'abord une frangipane d'hier et deux tartelettes du jour précédent ; je vous donnerai ces gâteaux à bon compte.

— Fort bien ! c'est ce que je désirais. Enveloppez-les moi avec précaution pour qu'ils ne se brisent point.

— Oh ! il n'y a pas de danger pour eux entre mes mains, reprit Mme Ducroquet.

— C'est que, continua la douairière, j'attends mon fermier pour l'heure de midi. Je le ferai déjeûner à la cuisine ; mais je veux qu'il goûte à la pâtisserie de Paris. Et la vôtre lui plaira, j'en suis certaine. Du reste il est assez difficile et ne ressemble pas à tous les gens de la campagne.

Au mot de fermier, je levai la tête en l'air pour voir l'acheteuse.

Si c'était Mme la comtesse de F...? me dis-je. Puis, par un retour sur ma pensée je repris : Non, cela n'est pas admissible... Une comtesse n'achète pas des gâteaux rassis.

La douairière se chargea du petit paquet que la pâtissière avait préparé, et dit ensuite :

— C'est une prévention que je n'aurai jamais, celle de croire que les gâteaux cuits de la veille sont moins bons que ceux du jour. Ils sont, à mon avis, bien préférables aux autres.

— Et ne coûtent que moitié prix, fit observer Mme Ducroquet. Il y a économie.

— C'est évident... L'autre jour vous m'avez donné pour un franc une magnifique couronne de brioche que j'ai fait réchauffer le soir. Mes invités, en prenant le thé, l'ont trouvée délicieuse. On crut qu'elle sortait de votre four, et je me suis applaudie de mon expédient. Dorénavant je ferai de même...

Une soirée... Un thé... Plus de doute, c'est la comtesse de F... Ah ! l'intéressée qui trompe ses invités en leur servant du réchauffé, et qui achète des vieux flans pour régaler son fermier. La Grise n'aura pas d'eau à boire chez pareille avare.

Etait-ce la peine de traîner pour elle de lourds paniers de fruits? Tout va sans doute passer à l'état de confitures, et on les serrera dans une armoire fermant à clé, pour que personne n'y touche.

Au moment où la comtesse sortait, car c'était elle effectivement, et la pâtissière la nomma, je me précipitai de son côté pour la suivre dans la rue ; mais j'y rencontrai une telle affluence de curieux qui regardaient un serin jaune voler étourdiment de fenêtre en fenêtre, que je voulus les imiter en bayant aussi en l'air... Je perdis de vue la comtesse sans pouvoir la retrouver.

VIII.

Le Concierge.

Quand je revins à la boutique du pâtissier, la porte se trouva fermée. Pour la seconde fois, j'étais hors d'un logis où je m'étais introduite sans me faire annoncer. Je résolus d'agir avec plus de bienséance.

Afin de songer à la chose je me mis le dos au soleil près de la porte-cochère.

Un petit parisien passant près de moi, approcha doucement, puis, tandis que je le regardais faire du coin de l'œil, il éleva vivement la main jusqu'à ma hauteur, et dit avec un rire effronté :

— Je te tiens !

Désirant jouir de sa conquête, il ouvrit méthodiquement les doigts de sa main, c'est-à-dire l'un après l'autre. Il n'y avait rien dedans.

Je pus jouir à mon tour de sa surprise; mais craignant qu'il ne recommençât son jeu, je m'éloignai pour ne pas être sa dupe un instant plus tard.

La maison, comme je l'ai déjà dit, était de belle apparence. J'y entrai résolûment.

A droite, on lisait sur le mur : *Parlez au concierge.*

Je compris alors pourquoi je n'avais pas été accueillie jusqu'à présent, puisqu'on ne doit s'introduire chez quelqu'un qu'après avoir averti préalablement le concierge.

A cet effet, je pénétrai dans la loge dont le carreau était ouvert.

Je trouvai le seigneur du lieu tenant à la main une lettre et un journal.

Il regarda la lettre attentivement sur la suscription et du côté du cachet, puis il la posa sur une table pour se préoccuper du journal qu'il plia par le centre afin d'en faire partir la bande. Mais la bande ne glissa pas. Elle était retenue par un peu de colle et se déchira quand le concierge voulut l'ôter.

— Diable, diable ! s'écria-t-il. J'ai fait un beau coup. J'ai séparé en deux morceaux la bande du journal. Ma foi, tant pis ! Je dirai au propriétaire que j'ai reçu la chose en cet état... Voyons un peu les affaires politiques !. .

Il déplia la feuille avec agilité, et ne froissa que médiocrement le papier ; mais lorsqu'il fut question de lire, il lui manquait ses lunettes.

— Où sont donc mes yeux ? demanda-t-il... Ah ! je les aperçois sur la cheminée, à côté de leur étui.

Les lunettes prirent place sur le nez du concierge; mais l'une des branches d'acier se démonta. Notre homme chercha du fil pour la rattacher, et ne trouva que du coton rouge dans une petite travailleuse en noyer où il repoussa du feston et des vieilles paires de bas troués.

— Quel pêle-mêle règne dans cette travailleuse ! fit-il en colère. Mme Jolibois, vous êtes ma femme; mais vous ne me ressemblez pas ! Je suis pour l'ordre, et vous pour le désordre... Nous ne ferons jamais bon ménage.

Faute de fil, il se servit du coton rouge.

Quand il eut consolidé tant bien que mal la branche de ses lunettes, il replaça celles-ci à hauteur du foyer de son intelligence, se mit le dos dans un vieux fauteuil à la Voltaire où il se renversa magistralement, et croisa les jambes.

Il eut aussi la précaution de s'accouder pour élever le journal au-dessus de sa tête.

On ne le voyait plus, mais on l'entendait marmoter entre les dents et s'arrêter sur des grands mots qu'il prononçait en appuyant dessus de toutes ses forces. Parmi ces mots étaient ceux de *patrie*, *France*, *liberté*, *gouvernement*, etc.

Parfois il poussait des soupirs très-expressifs, ou bien il avait l'air de souffler la soupe aux bords de ses lèvres pour dire : — Ce n'est pas cela !

Comme il brûlait d'exprimer tout haut son opinion, il se leva précipitamment, jeta de côté le journal, remonta ses lunettes sur son front, bichonna deux mèches de cheveux blancs qui folichonnaient encore sur ses tempes, et s'écria en branlant la tête :

— Les affaires vont mal !... La France ne sait pas garder son indépendance quand il le faut, et elle n'use jamais de sa force quand le devoir l'exige. Est-ce que le commerce peut aller avec la paix? On n'agrandit pas avec elle l'étendue d'un pays. La guerre, c'est le mouvement, c'est le progrès ! Sans elle point de soldats. A mon avis, les meneurs sont tous des gens inhabiles à conduire le char de l'Etat. Ils sont puissants, rien de plus ! On a bien raison de dire que ce sont toujours les mêmes qui vont en voiture. Pendant qu'ils roulent équipage, qu'arrive-t-il ? Le pauvre va pieds nus dans la rue... Est-ce de la justice, de l'égalité, je vous le demande? Pourquoi, puisque nous en sommes sur ce chapitre, y a-t-il des concierges et des propriétaires ? Sommes-nous revenus au temps des serfs et des seigneurs? A quoi sert donc le vote universel ? Ah ! si j'étais ministre, moi ! je sais bien quelle est la loi que je proposerais : J'abolirais sur-le-champ l'esclavage des portiers, et je doublerais... je triplerais les impôts des propriétaires ! Car les propriétaires sont tous des richards qui ont puisé leur or dans le commerce où l'on sait voler avec adresse.

Faut-il que j'en excepte le mien... un ancien marchand d'œufs et de fromages ? Il sait à peine lire et écrire ; mais il a su faire son beurre !

Si le ciel était juste, je serais propriétaire, et je ne voudrais pas du mien pour mon concierge !

A propos, je suis curieux de connaître un peu, sans indiscrétion, ce que renferme la lettre que je dois lui remettre avec le journal... Mais elle est cachetée avec de la cire. C'est fort triste, en vérité, d'être obligé de respecter un cachet qu'il soit rouge ou noir...

M. Jolibois se mit à réfléchir. Tout en soupesant la lettre et en la manipulant, il eut l'air de regarder les mouches voler.

Je lui apparus très-probablement, car il s'empressa de dire :

— Ah ! si j'étais mouche, je sais bien entre les plis de quelle lettre je me glisserais mystérieusement pour y lire tout à mon aise. J'ai souvent envié le sort d'une mouche. Elle a des ailes et peut se transporter partout où elle le désire.

Si par une transformation momentanée et facultative, je pouvais devenir mouche, ma grande satisfaction consisterait à épier la conduite de mes locataires. C'est bien ce que je fais un peu, mais je ne puis pas agir ouvertement. Je prends des biais, je fais des demandes parfois indiscrètes ou des offres de service qui font préjuger mes intentions ; tandis que sous la forme de l'insecte ailé, je serais le visiteur que nul au monde ne pourrait soupçonner dans ses perquisitions.

Une partie de mon temps se passerait dans les voyages, tant en France qu'à l'étranger. J'aimerais à surprendre les secrets d'Etat ; connaître ceux des ministres et des ambassadeurs. Sans pour cela m'attirer le titre d'espion, je serais heureux de m'instruire de tout ce que le journal ne dit pas. A

Rome, j'irais voir le Pape, et je tâcherais d'étudier sa politique religieuse.

Pas un roi ne serait exempt de ma visite ; car je serais la reine des mouches ! Je visiterais leurs palais, leurs arsenaux et leurs coffre-forts. Je goûterais à leurs mets, et je me reposerais sur leurs trônes dorés, tandis que... hélas !... je tire le cordon !...

— Malédiction ! fit le vieux portier à voix basse, mais en froissant trop fortement la lettre entre ses doigts... malédiction !...

A ce mot répété vivement, le cachet de cire se brisa... La lettre s'ouvrit.

Qui fut penaud ? Ce fut M. Jolibois. Il se rassura toutefois en disant :

— Mon cher propriétaire, ce n'est pas la première fois que le facteur me remet des lettres décachetées ; vous m'excuserez si je vous en offre une semblable.

Avant de vous la monter, je ne crois pas cependant qu'il me soit défendu de la lire... puisqu'elle est ouverte... Replaçons nos lunettes...

Et il lut :

« Monsieur, je dois vous avertir, en galant homme, que tout ce qui se passe chez vous est vu de ma fenêtre. Si vous continuez à agir sans réserve avec votre femme de ménage, j'en préviendrai M. Jolibois, son mari. »

Après avoir terminé la lecture de cette lettre

anonyme, le vieux portier se frappa le front en soupirant :

— Ayez donc de la discrétion ! J'avais bien raison de vouloir être mouche pour m'instruire de ce que j'ignorais. La métamorphose, je le sais, ne saurait avoir lieu ; mais Dieu permet heureusement que les cachets se brisent entre les mains des concierges qui sont indignement trompés par leurs propriétaires...

Ah ! madame Jolibois, nous aurons tantôt des comptes à régler.

IX.

Le Propriétaire.

Il paraissait fort lourd et fort obtus le propriétaire ; et pourtant c'était un homme rusé. La Normandie avait dû lui donner le jour et la prétention de vivre longtemps pour dire chaque année, comme dans la chanson, j'irai revoir ma Normandie, etc.

C'était un gros rougeaud de cinquante ans, tout au plus ; assez grand, et d'un embonpoint demandant à se trouver seul à table. Sa face était ronde, mais devancée par un nez de perroquet très-anguleux. Ses yeux donnaient asile à la malignité et à l'égoïsme. Il avait les joues rebondies et vermeilles de façon à les faire prendre pour des pommes de Rambour. Ses lèvres étaient plates ; son menton avançait en siége de cocher. Ses cheveux tombaient en parasol autour de son crâne déprimé. Quelques favoris roussâtres se dirigeaient de biais comme s'ils eussent eu l'intention de rejoindre la bouche.

M. Jolibois venait de présenter le journal à l'homme que je viens de dépeindre ; j'étais sur la bande déchirée.

Le propriétaire me regarda en disant d'une voix rauque et maussade :

— Voilà encore mon journal en mauvais état ! Me ferez-vous accroire, M. Jolibois, que c'est la mouche qui est dessus qui a détérioré la bande ? Vous êtes d'une curiosité que je punirai.

— La curiosité sert à quelque chose, répondit le concierge, qui prit un air rêche et provocateur tout à la fois. Si je ne m'étais pas avisé de regarder par hasard, le premier mot de la lettre que voici et dont le cachet mal apposé s'est brisé entre mes doigts, sans y toucher, je n'aurais pas été averti de ce qui se passe entre vous et Mme Jolibois.... Ma femme me trompe, monsieur ! Cette lettre que vous pouvez lire à votre tour, m'en a fourni la preuve. Je viens en conséquence vous en demander raison !

— Jolibois, mon ami, répliqua le propriétaire, qui cacha un moment de trouble et d'émotion, vous êtes un jaloux ; je le sais depuis que vous êtes à mon service. Puisque vous voulez avoir raison du fait par lequel vous vous croyez offensé, je vous dirai que j'ai mis votre curiosité à l'épreuve. Ne vous ai-je pas prévenu tout-à-l'heure que j'avais songé à vous punir ?

— Que voulez-vous dire ? balbutia Jolibois.

— Que cette lettre m'est connue.. Je l'ai fait écrire à mon adresse pour apprécier le zèle que vous mettez à lire avant moi ma correspondance et mon journal.

— Mais, monsieur !

— Il n'y a pas de monsieur, M. Jolibois ! Il n'y a qu'un propriétaire accusé par un insolent.... un espion qu'il chasse ! Vous tirerez le cordon de la porte du voisin, s'il y consent ; la mienne se passera de vous ! Je ne chercherai pas longtemps pour trouver un portier plus discret et moins jaloux que vous ne l'êtes. Quant à votre femme, elle continuera à faire mon ménage, à moins qu'elle veuille me quitter.... Vous m'entendez ?... Maintenant que la chose est arrêtée, la loge devra être libre demain.

Si le lecteur est de mon avis, il y aurait bien des dissertations à faire sur la manière de rendre la justice et de réparer des torts vis-à-vis des gens que l'on trompe ou qu'on a offensés ; mais une mouche nouvellement arrivée à Paris doit se taire et attendre, pour parler, qu'elle en ait vu davantage.

Le journal ayant été déposé sur un guéridon, et le concierge étant parti, je pris connaissance de l'appartement.

Mme Jolibois qui, d'une chambre voisine, avait entendu la conversation que je viens de rapporter, voulut faire des reproches au propriétaire.

— Que deviendrons-nous, avait-elle osé dire, si vous chassez mon mari ?

— Rassurez-vous, s'empressa de répondre le propriétaire ; je ne désire pas changer de concierges ; je sais qu'ils ont tous leurs petits défauts, à part la curiosité ; j'ai seulement voulu donner à M. Jolibois une leçon dont il profitera, je l'espère, en ne nous soupçonnant plus ni l'un ni l'autre. Vous voyez, ma

Rose, que j'ai fait un coup de maître ! Invitez tantôt votre singe à me faire des excuses; les choses marcheront ensuite comme par le passé.

Mme Jolibois, tendrement émue et vivement colorée comme la fleur dont elle portait le petit nom, aurait volontiers sauté devant moi au cou du propriétaire pour l'embrasser à diverses reprises; mais on heurta à la porte d'entrée, et elle alla ouvrir.

Ce fut Nanette qui entra. Une jolie enfant de onze à douze ans.

Elle venait s'informer des nouvelles du propriétaire, et lui demander à emporter le journal, pour le lire à sa grand-mère.

— Petite, tu viens trop tôt. Mon journal m'arrive à l'instant même et je ne puis l'avoir lu.

— Eh bien ! reprit gaiement Nanette, si vous y consentez je vous en ferai la lecture.

Le propriétaire accepta la proposition, et l'enfant continua.

— Ah ! monsieur, les beaux livres dorés qui sont dans votre bibliothèque !

— Tu ne les avais donc pas encore remarqués ?

— Non, vraiment, c'est la première fois que j'entre dans votre cabinet de travail.

— En ce cas ta surprise s'explique,

— Y a-t-il longtemps que vous les possédez, vos beaux livres ?

— Depuis que je suis retiré des affaires.

— Je ne vous demande pas alors si vous les avez lus et relus... Sont-ils amusants ?

— C'est toi, qui me divertis, ma chère Nanette !

— Et pourquoi?

— Pourquoi? parce que tu es une enfant qui ne sait pas qu'on n'ouvre plus les livres dès l'instant qu'ils sont reliés et dorés sur tranche ; on fatiguerait la couverture, ou bien on pourrait ternir les feuillets.

— C'est différent ! mais à quoi servent-ils ?

— A orner la bibliothèque des gens riches.

— Vous êtes riche ! c'est vrai. Alors vous n'avez pas de livres brochés.

— Si fait ! j'en possède plus de deux cents.

— Quel bonheur ! les livres brochés on les lit, n'est-ce pas ? et vous pourrez m'en prêter.

— Pas davantage ! pour les lire, il faut couper les feuillets des livres, et les miens sont intacts.

— S'il ne s'agit que de les couper, je m'en charge !

— C'est ce que je vous défendrais formellement si vous y touchiez, mademoiselle.

— Mais pourquoi donc ?

— Encore pourquoi ? Quelle petite curieuse que cette Nanette ! Elle aurait dû naître la fille de M. Jolibois.... Sachez donc, mademoiselle, que les livres brochés n'ont pas de valeur, aux yeux des marchands, lorsqu'on en a coupé les pages.

— De sorte que reliés ou non, vous avez des ouvrages intéressants pour ne pas les lire ? Je n'y comprends plus rien !

— Vous êtes trop jeune, mon enfant, pour raisonner là-dessus. Attendez que l'on vous ait placée dans le commerce, et pour vous distraire à présent, lisez-moi le journal.

Pendant que Nanette, assise sur une chaise près du guéridon, dépliait le journal, je m'approchai de la bibliothèque.

Quels contrastes parmi ces livres ! Aucun ne s'accordait avec son voisin.

C'était Fléchier à côté de Voltaire, l'Emile de Jean-Jacques Rousseau à côté de Télémaque, la bible au milieu de romans, Paul et Virginie près de contes grivois, la révolution française de Thiers entre les mille et une nuits et Brillat Savarin, un peu au-dessus de la cuisinière bourgeoise. L'histoire de Napoléon, placée au premier rang, dominait seule les autres rangées de livres.

Tout cela réuni, me faisait l'effet d'un champ de blé envahi par les bluets, les coquelicots et les mauvaises herbes, ou bien d'un jardin mal dirigé où l'on cultive le chardon à côté de la rose, et l'œillet parmi les orties.

Nanette ayant commencé la lecture du journal, je laissai la vue des livres pour être tout oreille.

J'appris, hélas! que la même feuille d'impression, à l'instar d'une bibliothèque, pouvait heurter de front le goût et la morale tout en ayant l'air de les soutenir. Dans une des colonnes du journal on voyait le jugement rendu contre un homme infâme qui avait outragé une jeune fille, et plus bas, dans un feuilleton destiné à récréer les mères de famille, on enseignait la manière non coupable de tromper l'innocence sous le toit paternel.

Nanette parcourut tous ces détails, et dès qu'elle eut fini de lire le journal, l'emporta, disant avec joie :

— Ma bonne mère va être bien satisfaite d'apprendre que nous avons aujourd'hui la suite du feuilleton d'avant-hier. Il est si intéressant!

Quand elle s'en alla, je crus voir entre ses mains au lieu d'un journal un bouquet de ciguë.

L'heure du repas du propriétaire arriva; c'est-à-dire, celle du second déjeûner.

Mme Jolibois mit le couvert dans la salle à manger.

La table était garnie de façon à contenter un seul maître et deux appétits. Monsieur s'y plaça.

Il disposait sa serviette sur ses genoux, lorsqu'une femme se fit introduire près de lui. Le visage pâle et défaillant de cette femme répondait à la pauvreté de sa mise. Elle n'osait s'avancer dans la salle. Le propriétaire lui dit brusquement :

— Entrez !

Puis il lui demanda si elle venait chercher sa quittance.

— Je voudrais pouvoir vous donner le montant du terme, soupira-t-elle tristement ; mais mon mari est malade, et je suis comme lui sans ouvrage. Dès que j'aurai un peu d'argent, je m'empresserai de vous l'apporter.

— Je ne me paie pas de ces raisons-là, s'écria le propriétaire en coupant avec impatience le bifteack saignant qu'il avait dans son assiette. Les promesses sont des chandelles que l'on tire de longueur et qui s'usent avec le temps. Je ne vis pas de promesses. C'est votre loyer qu'il me faut régulièrement... Je ne travaille pas moi ! Il est juste que ma maison me nourrisse..... Je vous le répète, j'attends votre argent.

— Hélas ! je n'en ai point !

— Comment faites-vous donc pour en manquer ? Vous n'avez donc pas d'ordre ni d'économie ? Les voisins Ricard qui logent sur votre pallier ne sont pas plus riches que vous. Ils payent régulièrement leur terme.

Le femme pauvre parut affaissée sur elle-même. Sa tête se courba sur sa poitrine, sans doute pour cacher les pleurs qui tombaient sur ses joues.

— Imitez les voisins Ricard, reprit durement le propriétaire, ou sinon je vous donnerai congé.

X.

Le Général.

La position de la pauvre locataire m'avait inquiétée. Qu'allait-elle devenir ?

Comme je n'avais aucun désir d'assister au repas du propriétaire, qui ne songeait point à se déranger de la table à laquelle il se promettait de rester longtemps, j'accompagnai la malheureuse femme jusqu'à l'endroit de l'escalier. Elle monta les marches... Et je la suivis... Mais quelqu'un vint derrière nous.

C'était un monsieur âgé, portant perruque à cheveux courts, la moustache roide et cirée, et un habit brodé en or avec de grosses épaulettes à étoiles.

La croix d'honneur brillait sur sa poitrine étroitement serrée dans l'habit qui ne paraissait plus neuf et qui ne devait être mis qu'à des époques solennelles.

Au bruit qu'il fit avec le talon de ses bottes, la locataire se détourna et s'effaça respectueusement le long du mur pour le laisser passer. Elle dit en même temps :

— Pardon ! monsieur le général, je ne savais pas être devant vous.

— Il n'y a pas d'offense, répondit le général. Chacun est libre de remonter chez soi.

Puis il ajouta :

— Vous venez, si je ne me trompe, de faire une visite de circonstance au propriétaire ?

— Oui, monsieur le général ; mais elle n'a pas été satisfaisante pour lui.

— Devez-vous votre terme ?

— Le dernier.

— Et votre mari est-il encore malade ?

— Oui, général.

— Votre position, je le comprends, n'a pas pu s'améliorer. Vous auriez dû solliciter un secours du château.

— C'est le conseil que monsieur le général nous avait déjà donné.

— Il fallait le suivre. J'arrive précisément des Tuileries; j'aurais pu faire remettre votre placet entre les mains de Sa Majesté.

— Monsieur le général est bien bon... Nous avons eu tort, balbutia la pauvre femme... Mais...

— Mais ! fit avec impatience le vieux militaire, c'est-à-dire que vous ressemblez à tous ceux qui demandent conseil pour n'en faire qu'à leur tête ou ne rien faire du tout. Si le peuple meurt de faim, on peut dire assurément que la faute en revient à son peu de jugement ou à son manque de prévoyance.

4

— Faites excuse, général, il n'y a pas eu négligence de notre part. Mon mari ni moi ne savons écrire.

— On parle dans ce cas, ou l'on fait écrire pour soi. Si vous m'aviez prévenu, j'aurais agi dans vos intérêts.

— Général, s'il n'était pas trop tard pour vous demander cette grâce... je vous prierais... général... puisque vous daignez vous intéreser à nous, de...

— Il n'est jamais trop tard pour faire bien, interrompit le général. A ma rentrée chez moi, je ne quitterai pàs l'uniforme sans avoir songé à vous être utile. Je ferai la demande de secours en votre nom. Mon domestique la portera ensuite à la poste.

C'est ainsi que j'expédie les choses, fit le général en se frottant le menton à son col-cravate. Vous pouvez dormir tranquillement sur les deux oreilles. Le secours, je vous le promets, et vous l'aurez avant peu.

La protégée se confondit en remerciements, et monsieur le général, lui faisant un petit signe d'adieu avec la main, arriva à la porte de son appartement où il pénétra presque aussitôt.

Curieuse de connaître en quels termes un placet se formule, j'avais suivi le général.

Il se jeta tout botté dans un grand fauteuil recouvert de moquette à fleurs riches, lequel était placé devant un magnifique bureau en acajou moiré; puis il sonna.

Un valet de chambre parut.

— S'est-il présenté quelqu'un pendant mon absence ?

— Personne, général.

— A merveille. Je craignais que cette ennuyeuse comtesse de F... ne fût venue pour me recommander encore son neveu.

C'est un beau jeune homme que ce neveu! Il fera un jour un excellent capitaine ; mais il faut qu'il se contente, quant à présent, de son grade de sous-lieutenant. De nos jours, on n'avance pas rapidement à l'armée. Ce n'est pas comme de mon temps ! N'arrive pas général qui le veut. Attendez, attendez, jeunes gens, que votre moustache grisonne, et l'on s'occupera de vous.

Voilà le langage que je tiens à la comtesse de F..., toutes les fois qu'elle m'importune... qu'elle me fatigue avec ses demandes d'avancement pour son neveu.

Les femmes sont de véritables mouches ! Lorsqu'elles rencontrent un protecteur, elles s'attachent à son habit sans le quitter...

Jasmin ! vous pouvez vous retirer si vous n'avez plus rien à me dire.

Obéissant humblement, Jasmin s'en alla à reculons, et ferma doucement la porte du petit salon où se trouvait son maître.

Quand le général fut seul, il se rapprocha de son bureau, prit une feuille de papier à lettre, disposa des enveloppes, de la cire et un cachet, puis il sortit du tiroir une plume qu'il trempa dans l'encrier.

Le moment était venu de s'instruire. Je me plaçai sur le collet brodé du général qui se mit à écrire.

En me penchant du côté de son épaule droite, je pus lire les lignes suivantes, qui commençaient par ces mots :

« Monsieur Vilmorin,

« Si vous avez quelques nouveautés en pélargonium, et en pétunias à fleurs doubles, je vous prie de songer à moi. Vous auriez l'obligeance de m'envoyer les espèces numérotées avec le nom correspondant à votre catalogue.

« J'attendrai votre envoi à ma maison de campagne à Saint-Cloud, où j'irai dimanche prochain.

« Mes civilités empressées.

« LE GÉNÉRAL, »

(Signature illisible.)

La lettre fut mise sous enveloppe et adressée à un marchand fleuriste sur l'un des quais de la Seine, à Paris.

J'avoue que la lecture de cette lettre m'avait singulièrement surprise.

— Est-ce là, me demandais-je, la lettre pressée qu'il convenait d'écrire ? Qu'est devenue la promesse faite à la pauvre femme qui attend un secours ?

Je me promenais avec anxiété sur le collet de l'habit brodé, et je m'y sentais mal à l'aise, lorsque le général prit une seconde feuille de papier à lettre...

Avec la même plume qui avait servi pour M. Vilmorin, il traça ce que je vais reproduire :

« Samedi soir ou dimanche matin, au plus tard, je serai à Saint-Cloud. Je compte sur l'ami Guillaume pour veiller à mes petites affaires et que tout soit en bon ordre dans la maison à mon arrivée.

« Je lui recommande aussi de ne point permettre au jardinier de laisser visiter mon parterre. Les amateurs de fleurs sont comme les mouches à miel, ils ne visitent jamais sans emporter.

« S'il restait en jauge ou sur couche du plant de balsamines, de zinnias ou de reines-marguerites, je défends qu'on en donne à mes voisins. La bèche devra faire justice de tout ce qui ne pourra prendre place dans les massifs.

« Votre maître et ami. »

Même signature que la première, mais plus illisible.

Cette lettre, comme la précédente, fut placée sous enveloppe et cachetée avec soin. La suscription portait :

Monsieur Guillaume, intendant du général, à Saint-Cloud (Seine-et-Oise).

Les formalités se trouvant remplies pour chacune des lettres, le général agita sa sonnette.

Jasmin reparut.

— Général, je suis à vos ordres.

— Faites remettre ces lettres à la poste, et venez ensuite m'aider à me déshabiller.

Le général se leva.

En ce moment je lui chatouillai la nuque, pour l'inviter à se rasseoir. Mais il avait abandonné son bureau.

— Il oublie, me dis-je, sa protégée de même qu'il oublie, non sans dessein, le neveu de la comtesse de F... Eh bien ! je m'insurge ! Piquons... piquons un trompeur !

Et il me sentit assez vigoureusement.

— Malpeste ! la méchante mouche ! Elle m'a mordu jusqu'au sang, s'écria le général en exagérant le mal de la blessure. Jasmin, cherchez cet insecte avant de vous en aller.

On est donc bien négligent chez moi, qu'on y laisse pénétrer les mouches ! Les valets ne songent jamais aux dégâts qu'elles peuvent causer dans un appartement où il y a des dorures et des tableaux... Une mouche ! c'est cent fois plus nuisible qu'une araignée... Mille bombes ! qu'on chasse l'ennemi, puisqu'il est dans la place... Allons ! Jasmin, vite à la besogne, ou sinon je vais m'en mêler, et je vous mets à la porte avec la bête insolente qui me pique encore !...

Jasmin prit un plumeau pour m'éloigner, et je jouai avec son arme en voltigeant gaiement autour de lui.

Le général, vif comme l'éclair, foudroya du regard son valet.

— Sot animal, lui dit-il, ne vas-tu pas croire aussi, toi qui t'endors avec un plumeau à la main, que c'est avec du miel et de la persévérance que l'on prend les mouches ?

Le proverbe est un niais de dire qu'on ne les attire pas avec du vinaigre. Rien ne résiste à la force; la mollesse gâte tout ou ne fait rien de bon... Laisse-là ton plumeau, coq-dinde, et donne-moi une serviette, nous irons bon train !....

Pour le coup, je ne me sentis pas en sûreté. La colère de la coquette outragée n'était rien en comparaison de celle du général extravagant.

Il me pourchassa avec rage, et frappait l'air devant lui avec sa serviette. Il montait de chaise en chaise ou de fauteuil en fauteuil, lorsque je me posais sur un tableau ou sur un lambris.

A la fin j'allai m'abriter derrière les tasses d'un superbe cabaret placé sur un guéridon, ce qui redoubla la colère du général.

— Elle veut m'échapper, s'écria-t-il. Ah ! tudieu ! Périssent toutes les tasses du monde avec elle, pourvu qu'elle meure, je frapperai quand même...

Il donna un coup si violent sur les porcelaines, que la serviette les fit voler en mille éclats sur le parquet.

— Voilà, dit-il, ce qui s'appelle savoir faire le sac d'une ville. En fait de résistance, je ne connais que la mienne. On n'est pas général à coups de plumeau. Il faut le canon pour balayer une place !...

Où étais-je, au moment du désastre ? Le lecteur s'en tourmente peut-être ?

J'avais été étourdie du bruit terrible qui s'était produit au-dessus de ma tête; mais je n'étais nullement atteinte.

Le général ne me voyant plus, se laissa tomber dans son grand fauteuil.... Il paraissait épuisé de fatigue.

— Ouvrez la croisée, Jasmin, fit-il avec une voix étouffée. Je manque d'air et j'ai le cœur qui bat pour avoir tué une mouche. Ce que c'est que de vieillir ! Je ne serais plus propre à la guerre !...

Ah ! je respire, maintenant que le vent de la rue arrive jusqu'à moi ...Je respire !.....

— Et moi aussi, général, dis-je en m'envolant.

— Ah ! la scélérate ! cria le général, elle n'était pas morte !

XI.

Le Juge.

Depuis mon arrivée à Paris, j'avais couru bien des dangers. Je tâchais de m'y faire comme les habitants.

En quittant le général, je ne m'étais pas envolée au loin. On ne part pas d'une maison sans en connaître les principaux locataires.

Au troisième étage au-dessus de l'entresol, se trouvait le logement d'un juge. C'est chez lui que j'entrai, les croisées en été se trouvant partout ouvertes.

Ce juge n'était plus en activité, si je m'en rapporte à une inscription latine qu'il avait mise au bas de sa toque : *Post laborem grata quies.*

Sans chercher à traduire cette inscription je trouvai bon de choisir justement la toque pour me reposer, et je m'y installai comme dans une chaire.

Mon nouvel hôte faisait tranquillement la conversation avec un ami. Sa bonhommie me plut tout d'abord.

Il avait les yeux qui contenaient du velours et de la soie, de la douceur et de la finesse, de la noblesse et de l'aménité. Sa parole était grave et sententieuse, imposante parfois, ou glaciale comme la lame d'un rasoir. Son jugement était sain, sa vue excellente et son ouïe parfaite.

Rien ne devait lui échapper. C'est dire qu'il m'avait vue entrer chez lui. Mon apparition, j'ose même l'assurer sans chercher à en tirer vanité, parut lui faire plaisir.

Etait-il l'un des membres de la Société protectrice des animaux? je l'ignorais ; ce que je sus dans le moment, c'est qu'il avait un ami philanthrope, entièrement dévoué aux malheureux.

Hélas ! on ne les encourage pas assez les philanthropes, ou bien on les trompe trop souvent.

Ils sont si bons et si généreux !

Le juge, en homme éclairé, se laissait difficilement tromper. Ses paroles confirmaient sa prudence.

Or, c'était dans le but de mettre à profit les lumières du juge que l'ami philanthrope était venu le voir.

Il s'agissait d'obtenir quelques renseignements sur une famille Ricard qui demeurait dans la maison, et en même temps de savoir si les voisins de cette famille, auxquels un général aurait dû s'intéresser, méritaient réellement qu'on s'occupât d'eux :

—Les renseignements que tu sollicites, dit le juge, je puis te les donner. Peut-être serait-il de la réserve d'un ancien procureur du roi de ne les fournir qu'à la justice ; mais je ne suis plus de son tribunal, et je me dois entièrement à un ami qui me saura gré des révélations que je suis à même de lui faire.

Apprends donc que la famille Ricard, à laquelle tu portes intérêt, n'est autre qu'une société de mendiants par état et non par nécessité. Elle sait se grimer, se couvrir de haillons et se noircir les mains pour attirer sur elle les regards de la pitié publique.

En un mot, c'est une réunion de hideux cloportes se traînant à tous les angles des murs, qui rouleraient sous le pied sans se plaindre si on les heurtait dans le jour, mais qui se dégourdissent le soir en faisant bonne chère dans l'un des greniers de cette maison.

Leur nid n'a jamais été une ruche ; c'est un guépier où se laisse prendre le moucheron philanthrope.

Ces gens-là mendient pour n'avoir point la peine de travailler ; ils savent cependant voler au besoin quand l'aumône ne suffit pas à la bombance.

Venir à leur secours, ce serait soutenir la propagation d'une vermine qu'il faudrait plutôt exterminer... Je n'ai plus rien à dire sur la famille Ricard.

— Cher ami, tu m'effrayes ! Je n'ose plus, en vérité, te demander des nouvelles des voisins. Ils ont pourtant l'appui d'un général.

— Les voisins dont tu me parles, je ne les connais qu'imparfaitement. Mon jugement sur eux ne peut donc s'établir qu'à moitié, et je n'aime pas les demi-plaidoyers. Si tu tiens cependant à être renseigné, je serai laconique :

Ils sont réellement pauvres; c'est fâcheux ! Ils ont de mauvais voisins ; c'est dangereux ! Ils manquent souvent de pain ; c'est inquiétant.

La nécessité est la mère du vice. Le vice est le compagnon de la misère. Celle-ci conduit à des bassesses et prête la main au vol. Le vol mène en prison...

Telles sont les conséquences de la pauvreté.

— Comme vous allez vite en besogne ! mon cher procureur du roi. Vous formulez vivement un acte d'accusation avant de tenir les coupables. Ce que c'est que les anciennes habitudes !

D'après vos principes, il faudrait admettre que les privations ne peuvent pas marcher de pair avec la pauvreté, et dire que l'honnêteté ne loge que chez le riche.

— Où courez-vous? monsieur le philanthrope. Vous me rapporterez bientôt des discours que je n'ai point tenus.

Apprenez que je ne place la vertu nulle part. Logez-la, s'il vous plaît, dans votre cerveau ; pour ma part, je ne l'ai jamais vue sur mon chemin.

— Je conviens, mon ami, reprit doucement le philanthrope que les cachots de l'État n'ont pas été bâtis pour elle ; mais raisonnons sans passion ni système.

N'y a-t-il pas des coupables, de même qu'il peut y avoir des innocents ? Tu as dû rencontrer des uns et des autres ?

— Plus des uns que des autres, fit le juge avec malignité.

— Soit ! il y a beaucoup de coupables. En conclut-on que la pauvreté les a fournis?

— Ce serait mon avis.

— De sorte que moi, ton ami, si j'étais privé de fortune, je serais un malfaiteur.

— Non, mais tu pourrais le devenir.

— Le raisonnement m'afflige.

— Que veux-tu ? cher ami, c'est un principe admis.

— Il est cruel ce principe. D'après lui tu dois agir vis-à-vis d'un honnête homme avec la réserve que demande la présence d'un fripon. Nous ne saurions nous entendre à ce sujet. Revenons aux voisins en question :

Méritent-ils, oui ou non, d'être secourus?

— Eh ! mon Dieu ! si j'étais philanthrope, je répondrais affirmativement. En ma qualité d'ancien juge je me tais.

— Aurais-tu quelques soupçons sur eux ?

— Aucun.

— Connaissent-ils véritablement un général ?

— La chose est probable. Le général habite dans la maison.

— S'intéresse-t-il aux pauvres ?

— Le général, mon cher, protége tout le monde; mais il ne s'occupe de personne... C'est un aventurier.

— Que dis-tu?

— Rien. Je répète seulement un bruit qui mériterait d'être approfondi si j'appartenais encore à la justice.

On dit qu'il n'est pas général; qu'il a pris les papiers de son frère mort je ne sais où, et qu'il a hérité d'un grade et d'une croix qu'il n'a jamais mérités.

— Voilà des faits fort graves!

— Ce sont des bruits que l'on répand... N'amplifions rien. Car ne jugeant plus, je n'approfondis pas...

La conversation du juge avait laissé sur son ami de pénibles impressions.

Soulagerait-il la famille pauvre, ou la délaisserait-il en raison de ses mauvais voisins?

Il s'éloigna sans être fixé à cet égard.

Quand je fus seule avec l'ancien procureur du roi, je le vis disposer de l'eau miellée dans une assiette.

C'était un piége.

Il me regarda ensuite avec complaisance.

Je m'aperçus que le piége m'était destiné, et je me dispensai d'y aller voir. La toque de juge sur laquelle je siégeais sembla m'en donner le conseil.

— Tu seras gourmande un peu plus tard, et tu te laisseras prendre à la glu comme les autres, dit le juge en s'emparant d'une boîte ronde dans laquelle je vis une infinité de mes compagnes prisonnières et privées d'une aile qu'on avait dû leur arracher... Venez ! venez ! petites !...

Il découvrit ensuite un bocal où grimpaient le long d'une échelle des grenouilles d'un vert luisant, appelées rainettes, et il leur livra les mouches l'une après l'autre.

Ce repas achevé par les grenouilles qui levaient encore le bec en l'air, le bon naturaliste prit un autre bocal, plus grand que le premier, où dormaient des couleuvres, et il leur donna deux grenouilles pour les réveiller.

Les couleuvres n'en firent qu'une bouchée et tirèrent leur langue fourchue avec volupté.

La digestion dut être longue à se faire ; car je voyais par instants l'une des grenouilles dévorées, agiter le cou gonflé de la couleuvre qui restait alors immobile.

A ce hideux spectacle succéda d'autres jeux :

Le juge avait une collection de beaux lépidoptères et d'insectes variés.

Il fit rougir des aiguilles, et traversa le corps des pauvres papillons qui, malgré leur supplice, battirent encore longtemps de l'aile.

Et ces insectes provenaient de grosses chenilles qu'il avait nourries au sortir de l'œuf.

Cette fois, je compris qu'il était prudent de m'enfuir sans y être invitée. J'en avais assez vu de la bonhomie de ce naturaliste pour juger de l'injustice humaine, et je lui préférais en quelque sorte la manière brutale du général brisant tout sous sa serviette.

XII.

Un Ménage.

Où trouver le bonheur et la tranquillité, si ce n'est dans la paix du ménage ?

Nous avons vu cependant deux pigeons se quereller à la campagne. Serait-ce d'un mauvais augure pour la ville ?

Ne préjugeons rien. Etudions le ménage qui se présente aux yeux d'une mouche.

J'étais parvenue sans peine à changer de domicile, en entrant chez des époux dont l'appartement était contigu à celui du juge.

Ces époux-là devaient être ce qu'on appelle d'honnêtes bourgeois qui s'aimaient, je le suppose, mais qui ne savaient pas s'entendre. Ajoutez à cela qu'ils avaient des enfants, ce bien-être qui est souvent une source de chagrins et de misère.

La femme, en négligé du matin, n'ayant d'autres serviteurs que ses bras, se tenait à genoux sur le carreau, en tablier sale autour du corps, et récurait des flambeaux de cuivre qui laissaient voir par places qu'autrefois ils étaient argentés.

C'était vers les cinq heures du soir.

La table de la cuisine avait été encombrée d'ustensiles, de porcelaines et de cristaux. On y voyait aussi une boîte longue avec cette étiquette : *Thé d'amateur*. A côté de cette boîte : des bouteilles de vin fin et de liqueurs, des citrons, de la cannelle, de la vanille, etc.

Tandis que la femme bouillait d'impatience de finir son récurage pour faire un rangement général dans la cuisine, le mari se faisait tranquillement la barbe.

— Nous avons faim ! répétaient sans cesse les enfants.

— Qu'ils sont donc impatientants ! s'écriait la mère. Ils ne me laisseront pas achever ma tâche ! Si vous avez faim, demandez du pain à votre grande sœur.

— Maman, notre sœur s'habille.

— En ce cas, taisez-vous !

— Mais, maman, on ne dîne donc pas, aujourd'hui ?

— Non ! méchants enfants ! vous savez bien qu'il y aura soirée. Vous aurez tantôt des gâteaux et du vin chaud sucré.

— Nous aimons mieux manger tout de suite... hein ! hein !...

Et les enfants se mirent à pleurer.

La mère, étourdie par leurs cris, se précipita vers le buffet, et leur coupa un morceau de pain.

— Tenez ! leur dit-elle, voilà une tartine.

— Du pain sec ! reprirent-ils en faisant la moue.

— Prenez des cerises chacun, et donnez-moi la paix !

Le calme allait succéder à l'orage, quand le mari demanda à sa femme :

— As-tu fait provision de paquets de bougies ?

— On y a songé.

— Et du sucre ?

— J'en ai !

— Des citrons ?

— Ils sont là.

— Du thé ?

— Mon Dieu ! que les hommes sont donc énervants !

J'ai tout ce qu'il faut, moins la tranquillité. Je te supplie de me l'accorder.

— Pourquoi te fâches-tu quand je te parle ?

— Parce que tu te mêles toujours de ce qui me regarde. Je n'aime point les tâtillons.

— Soit ! je ne me mêlerai de rien !

— C'est ce que nous verrons !...

Comme la querelle s'apaisait, la grande sœur sortit de son cabinet de toilette.

— C'est dépitant ! dit-elle avec humeur. La couturière m'a fait une robe qui grimace. Je ne veux pas la mettre.

— Comment ! mademoiselle, vous ne voulez pas d'une robe neuve pour vous habiller ? Voilà une autre histoire, à présent ! Faire fi d'une robe de soie ! Vous mettrez alors votre robe d'alpaga, et vous resterez dans votre chambre.

La demoiselle bouda.

— Peut-être que le corset est trop serré ? osa dire le père, en devinant la cause des grimaces.

— Bien ! à cette heure, c'est monsieur qui s'occupe de la toilette de ma fille, repartit sèchement la mère.

Vous devriez savoir que la pauvre enfant ne se serre jamais !... Si la robe fait un mauvais effet, c'est qu'elle est mal ajustée. Je me charge d'y remédier...

Le père s'en alla en haussant les épaules.

La mère et la fille se retirèrent en souriant dans le cabinet de toilette.

Pendant ce temps-là, les enfants qui avaient terminé leur repas frugal, voulurent se servir à boire et cassèrent deux verres de Bohême.

Au bruit que les objets firent en se brisant, la mère accourut.

— Quels monstres d'enfants ! s'écria-t-elle. Ils nous ruineront avant d'être grands... Deux verres de moins ? Cela fera défaut ce soir, quand on offrira les rafraîchissements. Venez, enfants terribles ! que je vous habille... Après vous, mon tour viendra, si vous le permettez...

Le maître de la maison rentra en scène.

Il avait habit noir, pantalon noir, gilet noir, et la cravate idem, sans oublier les bottes vernies.

Quel deuil pour un jour de fête!.. celui de mademoiselle. Heureusement qu'il est toujours d'usage de se présenter avec une chemise blanche !

Monsieur se regarda dans la glace, et se trouva en tenue de grande réception. Mais, en se mirant, il jeta les yeux sur la pendule... L'aiguille marquait huit heures.

— Comme trois heures sont vite écoulées ! s'écria-t-il. Allumons les bougies du salon, malgré qu'il fasse encore jour, et fermons les contrevents pour appeler la nuit.

Ce qui fut dit fut fait. Puis, monsieur se plaça dans un fauteuil et attendit.

Madame, en robe de soie changeante, fit son apparition dans le salon, vers les neuf heures. Elle était suivie de ses enfants, par rang de taille, le dernier en queue, comme une poule qui promène ses poussins.

— Personne encore ici ! fit-elle avec un regret. Il est cependant tard.

Et elle s'assit près de son mari en lui disant :

— Voyons! monsieur le boudeur, embrassez-nous, avant que le monde arrive... Regardez un peu votre fille, comme elle est bien en toilette... On dit qu'elle me ressemble ; mais c'est tout votre portrait !

Un coup de sonnette troubla ce doux entretien, et madame s'élança vers la porte d'entrée...

C'était le pâtissier chargé de gâteaux.

On n'y songeait plus, et cependant lui aussi était attendu.

On l'aida à se débarrasser de son fardeau, et il remporta ses corbeilles vides.

Au bout d'un instant, la sonnette se fit encore entendre.

Ce fut Mme Jolibois qui remit deux lettres par lesquelles des invités exprimaient les regrets, plus ou moins ressentis, de ne pouvoir assister à la soirée, l'un pour cause de rhume, l'autre par suite d'une migraine.

Quels fâcheux contre-temps pour la famille qui se regardait tristement le blanc de l'œil !

Enfin, près d'une mortelle heure s'étant écoulée, un troisième coup de sonnette retentit, et l'on fut heureux d'introduire au salon un petit homme boiteux et assez original qui ne cessait de s'essuyer le front avec son mouchoir.

A coup sûr, ce n'était pas ses cheveux qui lui tenaient chaud à la tête ; car il était chauve.

On lui montra gracieusement le canapé où il prit place en attendant l'arrivée d'une dame.

Le mouvement des visites ressemble à celui d'un jeu de cartes. Il en faut une sur le tapis, pour que les autres se succèdent.

Au petit monsieur boiteux succéda une vieille dame, grande, sèche et nerveuse; puis deux visiteurs entrèrent à la fois; des jeunes gens ensuite, et derrière eux des jeunes filles vêtues en rose, en blanc et en bleu...

Le cercle s'anima... On proposa un quadrille... Et les danseurs se mirent en mouvement au son du piano.

5.

Vers minuit, le salon qui était vide à dix heures, fut tellement plein qu'on ne savait où loger les invités.

— L'appartement est bien resserré, disait l'un.

— Il fait si chaud! disait l'autre.

— Quelle pensée ont donc eue les maîtres de la maison de donner un bal au mois de juillet? C'est l'époque où l'on respire le grand air à la campagne.

— Ne savez-vous pas qu'ils ont une fille à marier et que c'est la veille de sa fête? répliqua la vieille dame nerveuse, en donnant un mouvement convulsif à ses deux paupières.

— A-t-elle une forte dot? demanda un jeune homme.

— Elle est bonne musicienne, fit observer avec malice la vieille clignotante. Son père est employé au ministère des finances; il a trois mille francs d'appointements. C'est peu d'argent pour donner des soirées... et trouver une dot, surtout quand on a quatre enfants!...

La vieille espérait causer plus longuement; mais on apporta des rafraîchissements, et la soif fit oublier un instant la médisance.

— Voilà du sirop qui ressemble à de la lessive, murmura quelqu'un.

— L'orgeat principalement, reprit la vieille, qui avait une oreille à gauche et à droite pour entendre tout ce qui se disait contre la soirée.

— Réservez-vous pour une glace, quand elle viendra, dit en souriant un jeune élégant.

—Des glaces ! maman n'en a pas commandées, répondit l'un des enfants de la maison. C'est trop froid ! Papa trouve que ça gâte les dents.

Tout le monde de rire avec l'enfant, moins la vieille qui fit la grimace.

— Ah ! il n'y a pas de glaces ! Et moi qui croyais assister à une véritable soirée... On ne me reprendra plus à venir ici.

Pour calmer son mécontentement, on passa près d'elle des assiettes garnies de sucreries et de quartiers d'oranges... Mais elle répéta sans cesse :

— Ce ne sont pas des glaces !

La maîtresse de la maison l'entendit et s'en tourmenta pour les autres invités qui avaient dû faire la même remarque.

Cependant la vieille, malgré l'absence des glaces, ne manquait pas de faire main basse sur le petit four et les gâteaux qu'on lui présentait.

Elle imitait en cela le petit monsieur boiteux qui consommait sans gêne et mettait des macarons dans sa poche, sous prétexte qu'il avait chez lui un écureuil et un perroquet.

La soirée se termina vers les deux heures du matin, au grand regret de la vieille qui ne serait pas restée si elle avait su qu'on ne devait pas se mettre à table pour souper.

On l'entendit maugréer en s'en allant, et répéter tout haut :

— C'est égal ! je n'eusse jamais pensé qu'une soirée pût se passer sans glaces !...

Quand les invités furent partis, les hôtes se couchèrent bien fatigués et surtout fort chagrins ; car ils avaient tout fait pour le mieux sans contenter leur monde.

Le lendemain matin, vers midi, la maîtresse du logis se leva la première.

Quel désordre dans la maison ! Les siéges, les meubles, les flambeaux, tout était dérangé ou couvert de poussière. Le parquet, qu'on avait ciré la veille, était couvert de taches et de débris de gâteaux mêlés à des pétales de roses.

Encore fallait-il savoir que ces dames en portaient à leur ceinture pour reconnaître les pauvres fleurs fanées.

Madame poussa un léger soupir. Monsieur lui demanda :

— Qu'est-il donc arrivé ?

— Rien ! si ce n'est que nous avons loué des chaises, des flambeaux, une pendule, des candélabres, qu'il y a beaucoup de bobèches de cassées, sans compter les autres cristaux qui ont été mis hors de service, et qu'il nous faudra payer le dégât...

Cela coûte une soirée !

— Ne l'as-tu pas voulue, cette soirée ? répliqua le mari.

— Sans doute. Il faut bien faire des sacrifices pour ses enfants... Notre fille avant tout !

Sur ces entrefaites, la jeune personne se montra. La mère la questionna :

— Eh bien ! ma fille, as-tu remarqué quelqu'un qui fût de ton goût à la soirée.

— Ne m'en parlez pas ! maman, les jeunes gens m'ont tous paru gauches et laids.

— Vous êtes bien difficile ! mademoiselle. Je l'étais moins que vous à votre âge... Après tout on ne réussit pas toujours à choisir des gens comme il faut, la première fois qu'on donne une soirée... Oublions-la !...

Il va falloir s'occuper maintenant de compter avec les fournisseurs.

— Nous aurions mieux fait, soupira à son tour le père, d'employer notre argent à effectuer un placement à la Caisse d'Épargne. C'eut été le commencement d'une dot qui aurait pu s'accroître par la suite. Mais on a toujours eu chez nous des idées de luxe et de dépense. C'est la folie du siècle... Il faut la subir !

— Vous déraisonnez, mon cher, fit la mère d'un air moqueur... Vous parlez de la Caisse d'Épargne !.. Fi donc ! sommes-nous des portiers? Ma fille est-elle une ouvrière ?... C'est une demoiselle ! monsieur... Elle fera son chemin sans dot... Elle est musicienne !

Rassure-toi, mon enfant, ta mère veut ton bonheur, et elle le fera.

A la première augmentation de traitement accordée à ton père, nous donnerons une nouvelle soirée.

N'oublions pas cette fois de commander des glaces !

XIII.

L'Ouvrière.

Après avoir vécu plusieurs jours au sein du ménage dont j'ai entretenu le lecteur dans le chapitre précédent, je reconnus qu'à la ville il y a comme aux champs des grenouilles qui se gonflent d'orgueil pour paraître plus grosses ou plus fortunées qu'elles ne le sont. Le banquier Grosbœuf rit de leur faiblesse. C'est ce qu'il a de mieux à faire ; car la somme de toutes ses richesses, s'il en disposait en faveur des petits bourgeois, ne suffirait pas à payer leurs dettes. La peau du luxe est semblable à un gant qu'on ne peut pas toujours tendre impunément sans qu'il crève.

Ce qui manque surtout aux petits bourgeois qui pleurent journellement misère, c'est l'art d'élever simplement leurs enfants.

Les parents en font des princes en naissant et se disent leurs serviteurs. Par la suite, il n'y a plus assez de royaumes pour caser tous les prétendants.

Pourquoi l'orgueil bourgeois rougit-il du travail?

Malheureux travail! on le relègue, la plupart du temps, au fond d'un grenier, et le bourgeois refuserait de lui parler s'il n'en avait pas quelquefois besoin.

Il y a véritablement une foule de préjugés, nous l'avons dit, qui vivent dans l'esprit de l'homme comme les orties dans un jardin. On n'ose pas les arracher, l'amour-propre craint de s'y piquer.

Une ouvrière! c'est donc une personne bien méprisable que la bourgeoisie la renie pour sa fille?

Je comprends!... On la fuit parce qu'elle est pauvre!...

Eh bien! la vanité des gens oisifs est selon moi cent fois plus redoutable que la pauvreté que soutient un travail honnête.

C'est avec cette conviction intime que j'étais parvenue jusqu'au toit de la maison.

Là, dans une petite mansarde bordée de fleurs grimpantes, j'entrevis un objet charmant:

C'était une vierge dans un cadre d'émeraudes et de turquoises. Un lis blanc au milieu d'un feuillage de volubilis. En un mot, une jeune fille de vingt ans, qui travaillait à l'aiguille et chantait de sa douce voix comme la fauvette de nos bois.

Mais elle était bien faible cette voix qui par instants semblait chagrine.

— Tu viens me voir, me dit-elle, pauvre petite mouche! Sois la bienvenue! Personne ne me visite habituellement si ce n'est l'hirondelle qui a bâti son nid sous ma fenêtre et qui l'habitait au printemps.

Depuis quelques jours je ne la vois plus ! Aurait-elle péri ? Laisserait-elle ses petits orphelins ? Ah ! si elle ne devait pas revenir, ce serait pour moi d'un mauvais présage !

Un médecin me voyant souffrante, pâle et frêle, a dit tout bas, et je l'ai entendu : « Cette jeune fille a vécu de privations. Elle est faible de complexion. Sa vie sera courte. Peut-être qu'à la chute des feuilles... »

Ah ! mon Dieu ! cette suite de mots froids me fait trembler... Je me souviens que ce médecin avait tenu le même langage sur une amie d'enfance, la seule que j'eusse au monde, puisque je suis orpheline, et cette amie n'est plus !... Elle est morte à dix-huit ans !

Il y a deux ans et neuf mois de cela... Pauvre amie !... Je la pleure encore... Son printemps a fui avec les beaux jours, le mien partira avec les hirondelles.

C'est si triste ! si accablant ! de souffrir en vivant seule... le matin, dans la journée, le soir... et de coucher seule toute une nuit dans une mansarde où le vent gémit l'hiver avec fracas !

Mais à quoi bon se tourmenter quant à présent, si je dois périr avec les feuilles, si le médecin a lu dans le livre de ma destinée, et si le vent ne doit souffler que sur les herbes mortes de ma tombe !...

Je ne regrette qu'une chose pour le temps qui me reste à vivre, c'est le baiser que mon amie me donnait tous les matins à son réveil. Il remplaçait celui d'une mère que je n'ai pas eu le temps d'aimer et que Dieu m'a enlevée tandis que je sommeillais dans mon berceau.

Depuis la perte de ma compagne et amie j'ai voulu me créer des liens dans les choses qui me restaient. J'avais une colombe qui prenait les miettes de mon pain sur les bords de ma tasse à déjeuner. Elle était douce et caressante... Un chat cruel me l'a ravie... Le rosier que mon amie avait laissé à mes soins a péri l'hiver dernier... Sa bague qui ne me quittait point s'est rompue à mon doigt... Les cheveux qu'elle renfermait en sont tombés... Tout ce que je possédais, tout ce que j'aimais a disparu... Tout! jusqu'à l'hirondelle dont j'entends crier les petits!..

Sois donc ma dernière consolation, ô petite mouche, toi qui as des trésors sous ton aile et qui peux t'élever jusqu'aux cieux! Sois la messagère de mes plaintes, de ma douleur et de mes chants passagers.

Je suis le bouquet d'églantines unissant les fleurs aux épines... Repose près des fleurs jusqu'au moment où le bouquet tombera flétri faute d'une goutte d'eau tombant du ciel, faute d'un pleur humain!

Je vis ignorée... C'est le lot de l'ouvrière. Heureuse qu'on l'ignore, elle doit craindre souvent d'être recherchée. Le pain qu'on apporterait dans sa mansarde pourrait être celui du déshonneur!... Mais le pain qu'elle gagne, la pauvre ouvrière, si dur qu'il soit, elle aime à le partager avec les malheureux !..

Ces paroles, dites avec une voix troublée sans doute par la douleur et l'émotion, furent tout aussitôt suivies d'une petite toux sèche... Et l'ouvrière pleura...

Les cœurs éprouvés par le malheur sont sensibles !

J'aurais pu délaisser la mansarde en voyant la triste position de l'ouvrière ; mais je n'étais pas une mouche ne songeant qu'au plaisir, le malheur savait m'attirer vers lui. L'ouvrière m'avait dit avec joie : — Reste avec moi, — et je m'étais promis d'exaucer son vœu, en passant ma vie dans la mansarde.

J'y trouvais dans ce gîte le peu de nourriture qui suffit à une mouche lorsqu'elle est sobre. D'ailleurs, comment aurais-je pu désirer meilleure chère en voyant la pauvre jeune fille se priver elle-même de tout ce qu'elle pouvait souhaiter?

L'ouvrage, il est vrai, ne lui faisait pas encore défaut ; mais le paiement se laissait attendre, ou bien il était peu productif.

Un jour j'entendis heurter à la porte.

La jeune fille paraissait n'attendre personne chez elle ; cependant elle ouvrit.

Une vieille dame entra sans façon.

A sa mise excentrique, je reconnus sans peine la comtesse de F... dont j'avais fait la rencontre chez le pâtissier.

Elle portait le même châle, la même robe et le même chapeau que le jour où je l'avais vue choisir des gâteaux rassis. J'y gagnai pourtant, s'il faut tout dire, le plaisir de voir son vilain visage à découvert ; car elle daigna lever son voile, ce qu'elle n'avait pas fait devant Mme Ducroquet.

— Ma chère enfant, dit-elle à l'ouvrière, en branlant son menton de dévote, et en pinçant les narines de son nez maigre et effilé, le général que je viens de voir à l'instant dans la maison m'a parlé de vous.

— De moi, madame! répondit vivement la jeune fille... il s'est souvenu...

— Que vous êtes ouvrière...

— Ah! c'est pour de l'ouvrage... répondit-elle froidement.

— Oui mon enfant... Et je vous l'apporte.

— Merci, madame, je suis à vos ordres... Mais tout d'abord...

L'ouvrière s'arrêta.

— Parlez sans crainte, ma petite, et appelez-moi madame la comtesse, c'est mon titre.

— Pardon, madame la comtesse, je l'ignorais.

— Que vouliez-vous dire du général, reprit la vieille.

— Aucune médisance contre lui, seulement je suis peinée qu'il n'ait pas tenu sa promesse à mon égard lorsqu'il devait me faire entrer chez les dames de la Légion d'honneur.

— Il vous l'avait promis?

— Certainement. Il sait que je suis la fille d'un ancien capitaine, et ma qualité d'orpheline était un titre recommandable. Malheureusement pour moi, monsieur le général paraît l'avoir oublié.

— Ma belle enfant, le général est rempli de bon vouloir. Il promet beaucoup, je le sais, mais vous l'avez dit, il est très-oublieux !

J'ai un neveu qu'il protége... et il n'a encore rien fait pour lui !

Que voulez-vous ? c'est le siècle qui en est cause. Il y a trop de protégés aujourd'hui. Les protecteurs ne savent auquel entendre. Néanmoins, vous voyez que le général s'est rappelé de vous puisque je viens de sa part vous trouver.

Arrivons donc tout droit au but, et causons du travail que je puis vous procurer.

Je suis dame de charité. Vous le savez, noblesse oblige... C'est vous confesser que j'ai des pauvres... beaucoup de pauvres à soulager ! Parmi eux, il y a des femmes nécessiteuses et des enfants nouveaux-nés qui ont besoin d'être vêtus. Je m'occupais jadis de faire moi-même des layettes ; à présent, j'ai la vue basse, mes yeux ne sont plus d'accord avec les lunettes, et je préfère confier mon travail à des ouvrières. Mais la difficulté consiste à trouver des personnes travaillant vite et à bon compte.

Nous n'avons pas les moyens, nous autres, femmes dévouées, qui prenons les intérêts du bureau de bienfaisance, de débourser de fortes sommes d'argent.

Voici nos prix : Nous payons ordinairement une brassière d'enfant, si elle est bien cousue et bien terminée — Quinze centimes — C'est trop cher ! — Un bonnet à trois pièces — Dix centimes — C'est exorbitant !... On pourrait très-certainement établir la douzaine de bonnets d'enfant pour soixante ou soixante-dix centimes au maximum.... Qu'en pensez-vous ?

— Je pense que si pareille proposition m'était faite, je la refuserais.

— Vous refuseriez ! Et pourquoi ?

— Parce qu'il ne faut retirer à personne son pain quotidien en se chargeant de faire un ouvrage à prix réduit.

— Vous avez tort, mon enfant, d'agir aussi largement.

Si tout le monde faisait comme vous, où serait l'entente du commerce?

Dans la confection, par exemple, on fait tout au rabais. On payait, dans le commencement des affaires, la façon d'un mantelet de soie, deux francs. Plus tard, on ne donna qu'un franc, puis à la fin cinquante centimes. Aujourd'hui l'ouvrière consent à établir le mantelet pour trente centimes, et on la charge de fournir son fil et ses aiguilles.

J'ajoute que si elle avait la sottise de faire fi de l'ouvrage en raison du prix, on ne manquerait pas de trouver des mains inoccupées qui seraient heureuses d'accepter ce même ouvrage à plus bas prix encore !

Voilà ce que c'est que la concurrence !

— Et vous applaudissez à la conduite des confectionneurs ? madame la comtesse.

— J'approuve l'intérêt général, répondit la vieille.

— Eh bien ! moi, qui me crois une honnête ouvrière, je le désapprouve. C'est en réduisant chaque jour le salaire des pauvres femmes, que le confectionneur augmente la liste des malheureuses. Les états du bureau de bienfaisance doivent pouvoir le constater.

Payez donc plus généreusement, madame la comtesse, les indigents que vous employez.

— Sans admettre vos raisons, mademoiselle, dit séchement la comtesse, je crois comprendre que vous refusez l'ouvrage que je vous apporte... Six brassières et autant de béguins.... Réfléchissez avant que je remporte l'étoffe que j'ai sous mon châle.

— Non, madame la comtesse, je ne refuse pas le travail que vous m'offrez, mais le prix que vous me proposez, parce qu'il n'est pas acceptable.

Donnez-moi votre étoffe.... J'en ferai ce qu'il vous plaira, à titre d'échantillon. Mon travail vous sera livré demain, sans rétribution, pour l'amour de Dieu et des pauvres !....

XIV.

Le père Lambert.

Il y a des existences qui sont seules sur la terre et qui paraissent être comme un chaînon séparé de la chaîne sociale. Ces existences-là donnent lieu à toutes sortes de suppositions de la part des gens qui ne sont pas à portée de les approfondir et fort souvent de les apprécier. Mais heureux qui peut s'en rapprocher par hasard ou par l'effet des circonstances.

Près de la modeste ouvrière, c'est-à-dire dans une chambre voisine de la sienne, il y avait un bonhomme appelé Lambert.

Bonhomme, c'est le mot ; pourtant il n'était pas très-vieux.

Son nom me fut révélé par des écrits que je trouvai sur son bureau.

C'est un matin que j'entrai chez lui, pendant que l'ouvrière dormait profondément.

La veille au soir, elle s'était livrée au travail beaucoup trop tard. Je l'en aurais blamée si j'eusse été sa mère. Et comme je bourdonnais près de la lampe poûr l'inviter à quitter son ouvrage, elle m'avait dit :

— Petite mouche, ne manque pas demain de me réveiller de bonne heure ! Tu sais que je n'ai pas fini ma tâche, et qu'il s'agit de ne pas mécontenter la comtesse qui attend après ce que je dois lui livrer.

Fais comme d'habitude un léger bruit à mon oreille, et si j'avais le sommeil lourd, pose-toi au besoin sur l'une de mes joues ou bien sur mon front.

Mais moi, l'ayant vue dormir le matin avec calme quoiqu'il fût neuf heures, j'avais préféré ne pas l'éveiller.

Ne la dérangeons pas, m'étais-je dit : Quand les deux tiers de la nuit ont été sacrifiés au travail, une partie du jour peut bien être donnée au sommeil.

Et pour ne pas troubler son repos j'étais allée voisiner.

La chambre du père Lambert ne contenait rien de remarquable, si ce n'est un vieux bureau en merisier qui avait eu l'un des pieds brisé, et qu'on avait mal recollé, une couchette en bois peint, deux chaises et un mauvais fauteuil privé en grande partie des anciens clous dorés qui lui avaient servi de parure.

Le mobilier pouvait aller de pair avec celui de l'ouvrière, dont je n'ai pas encore parlé, et qui se composait d'un lit en fer, d'une vieille commode en noyer d'une petite table, de deux sièges complètement usés et d'un carton à chapeau recouvert de papier de tenture.

Les deux voisins étaient donc aussi pauvres l'un que l'autre. Chacun cependant prenait soin de cacher sa misère. On se saluait mutuellement sur le pallier quand on se rencontrait porte à porte ; mais on ne communiquait pas.

Sur le bureau du père Lambert, je remarquai un manuscrit tracé de main de maître. Il y avait sur la couverture : Journal de Jean-Mathieu Lambert, professeur d'écriture.

Chaque page de ce journal commençait par une pensée philosophique. Elle était généralement suivie d'un chiffre de dépense quelconque.

Je puis en donner un aperçu, en citant ce que je rencontrai vers le milieu du cahier.

Dépenser plus qu'on ne possède, c'est prendre de l'argent dans la poche d'autrui.

Mon dîner du 24 juin s'est composé d'une omelette de deux œufs, et d'un sou de pain.

Ma dépense s'est élevée, y compris le beurre et le charbon employés... à trente centimes.

J'ai bu de l'eau, ne voulant pas acheter du vin à crédit...... Un sou me restait, je l'ai donné le lendemain à un pauvre.

29 Juin — *Mentir c'est parsemer de taches l'habit bleu que l'on porte.*

Je dois dire que ma dépense a été plus forte que celle des jours derniers. J'ai hypothéqué l'avenir. C'est une faute grave que je ne commettrai plus.

30 du même mois — Vendredi. — *L'abstinence et le jeûne sont obligatoires pour quiconque rencontre plus pauvre que soi.*

J'ai déposé mon pain dans le main d'un vieillard affaibli par la misère et la faim.

Dépense de mon dîner : Des guillemets.

1er Juillet. — *Etre agréable à ses semblables, c'est se faire plaisir à soi-même.*

J'ai touché un peu d'argent. L'emploi m'en sera facile ; car je ne garderai pas tout pour moi.

Deux pêches bien mûres m'ont tenté. J'en ai fait choix pour les offrir à la mère d'un de mes élèves.

Dépense d'agrément... cinquante centimes.

8 Juillet. — *Remplir ses engagements, c'est se faire respecter des personnes vis-à-vis desquelles ils ont été contractés.*

J'ai payé mon terme... soit vingt-cinq francs.

Cette manière bizarre d'écrire ses dépenses était celle du père Lambert.

Des écrits honnêtes font penser le bien en faveur de l'écrivain ; mais que de livres sont meilleurs que leurs auteurs !

Je dois dire cependant que le journal du père Lambert me parut sincère.

J'employai toute ma journée à le lire, espérant voir le bonhomme... Il ne vint pas !

Dînait-il en ville ? — Je dois le supposer.

La nuit arriva... Personne.

— Ah! monsieur Lambert, me disais-je, pour un homme rangé, vous rentrez bien tard!

Enfin, j'entendis ouvrir doucement la porte...

Une chandelle fut allumée... et j'aperçus M. Lambert.

Il ôta sa montre de son gousset. Une grosse montre avec des breloques de l'ancien temps; puis après l'avoir remontée, il l'accrocha au chevet de son lit, et regarda l'heure.

— Minuit et demi! fit-il à voix basse. Il n'y a pas de bon sens de se coucher à pareille heure!

Malgré qu'il fût tard, il alla s'asseoir devant son bureau, prit la plume qui s'y trouvait, et écrivit sur une page blanche du journal :

20 Juillet. — *Les dépenses folles seraient celles que l'on renouvellerait souvent pour aller au spectacle.*

— Je reviens d'un théâtre du boulevard, où j'ai assisté à la représentation d'un drame affreux. Le crime triomphait constamment de la vertu. Les traîtres et les scélérats y étaient plus nombreux que les honnêtes gens. Si le tableau de ce drame a été pris dans la nature, il faut renoncer à vivre avec les hommes; mais si l'auteur l'a conçu dans un méchant esprit et pour émotionner le peuple, c'est un coupable qu'il faudrait punir.

En revenant chez moi, j'avais l'œil inquiet dans Paris. Je craignais au détour d'une rue qu'un voleur voulût m'assassiner. Mon ombre même m'inspirait certaine appréhension. J'avais de la peine à la reconnaître.

J'ai trouvé près de la maison, dans l'angle gauche de la porte cochère, une jeune fille qui s'abritait de son mieux pour éviter la pluie. Elle est probablement sans gîte. Son regard suppliant semblait vouloir me le dire. Je n'ai pas osé la questionner... C'est mal!.. La crainte est une mauvaise conseillère. C'est quelquefois la sœur de l'égoïsme...

Le père Lambert cessa d'écrire. Il se leva assez précipitamment, et se promena de long en large dans sa chambre, comme un homme vivement préoccupé... Il rouvrit sa porte avec précaution... écouta à celle de sa voisine l'ouvrière, puis revint en disant :

— Elle dort... Prenons notre flambeau... et descendons l'escalier...

Quelques minutes après, il reparaissait avec une jeune fille assez mal vêtue.

— Entrez, mademoiselle.

La jeune fille entra.

— Ah ! monsieur, dit-elle, que vous êtes humain ! Sans vous, je passais la nuit dans la rue... Ma mère est si violente ! si jalouse ! qu'elle m'a mise hors de chez elle, en me défendant d'y rentrer... Je suis bien malheureuse, en vérité, d'avoir une mère aussi cruelle!...

Et elle fondit en larmes.

— Pauvre créature ! soupira le père Lambert en s'attendrissant. Soyez sans crainte, ajouta-t-il, mon enfant, vous êtes chez un homme pauvre, mais qui vous protégera.

— Vous êtes pauvre ! reprit aussitôt la jeune fille dont les yeux s'étaient séchés tout-à-coup.

— Aussi pauvre que peut l'être un maître d'écriture qui n'a que peu d'écoliers.

— Ah ! vous êtes professeur d'écriture ; cela me rassure... C'est que, voyez-vous ? j'ai peur des gens qui passent pour être pauvres et qui ne le sont pas. J'ai entendu dire que dans certains greniers de la capitale on trouve des hommes avares qui n'y vivent que pour mieux cacher leur or.

Le père Lambert la regarda. Elle fit de même en ouvrant d'assez jolis yeux qui brillaient ardemment.

— Mon enfant, les gens dont vous parlez, et s'il en existe, sont des misérables que Dieu devrait châtier sévèrement.

Enfouir ses richesses dans un grenier, ne pas en jouir, c'est le comble de la démence ; c'est commettre un vol envers les malheureux qui manquent du nécessaire.

Plut au ciel que je fusse à mon aise! je n'habiterais pas sous les toits... Une grande partie de mon avoir serait pour les indigents.

Mais, hélas ! je suis pauvre, je vous le répète ; je n'ai, en fait de trésor, que la montre de mon père

C'est l'héritage qu'il m'a laissé.

En disant ces mots, le père Lambert désigna respectueusement l'objet.

6.

La jeune fille l'examina.

— C'est égal, fit-elle avec un geste expressif, une montre d'argent a son prix.

— Ce n'est pas au métal que j'attache du prix, répliqua le bonhomme, c'est à la montre que mon père a portée pendant trente ans.

La jeune fille garda le silence.

Comme elle paraissait éprouver le besoin de dormir, le père Lambert lui dit alors :

— Mademoiselle, si vous le permettez, je vous offrirai mon lit.

— Comment l'entendez-vous ? monsieur !

— Je dis, mon enfant, que vous pourrez y reposer seule et en toute sûreté, tandis que je vais vous tourner le dos dans mon fauteuil où je passerai la nuit.

— Ah ! monsieur, c'est par trop de bonté. Je craindrais d'abuser de l'hospitalité.

— Abusez ! jeune fille, répondit en souriant le père Lambert, je vous le permets.

Et il s'étendit dans le fauteuil...

La jeune fille se déshabilla d'une manière peu décente, et se coucha sans façon.

Quant au bonhomme il ne vit rien et n'aurait rien voulu voir.

Il se contenta de lui souhaiter une bonne nuit dès qu'il sut qu'elle était au lit et qu'elle avait soufflé la chandelle.

Que se passa-t-il dans la nuit ? Je n'ai pu le savoir. Mais au lever du jour, je vis distinctement que le lit était désert.

Le père Lambert dormait profondément dans son fauteuil.

Quand il se réveilla, il s'aperçut de la fuite de la jeune fille... La porte de la chambre se trouvait ouverte; mais la montre n'était plus au chevet du lit.

XV.

Confidences.

La faim fait sortir le loup du bois. Ce proverbe s'applique aux gens qui, se tenant ordinairement à l'écart, se montrent tout-à-coup et deviennent communicatifs lorsqu'ils ont besoin de nous. Mais il n'y a pas que la faim qui puisse déranger de leurs habitúdes les gens solitaires. Le malheur ou le chagrin est d'un puissant effet.

Deux voisins, par exemple, se soucient fort peu de se voir, parce qu'ils ont chacun leurs occupations et que leurs heures de travail coïncident.

Ils évitent même de se parler lorsqu'ils se rencontrent, par originalité ou bien parce qu'ils craignent de voisiner, et qu'ils savent que toute liaison formée à la hâte peut devenir dangereuse. On dit alors de ces voisins qu'ils vivent comme des loups. Il suffit cependant que l'un d'eux éprouve une forte secousse, une peine cruelle pour que son caractère change subitement.

On peut comparer la peine à une blessure. Si cette blessure est profonde dans les chairs, la plaie saigne abondamment. La peine lui ressemblant, si elle pénètre jusqu'au fond du cœur, il faut qu'elle s'épanche.

Le père Lambert se trouvait cruellement atteint. Il venait d'être indignement trompé par une jeune fille qu'il avait recueillie paternellement. Elle l'avait dépouillé du seul trésor qu'il possédât... La montre d'un père. Une sainte relique qu'il conservait religieusement... Quelle trahison !

Pauvre Lambert ! Lui aussi avait besoin d'épancher son cœur !... Il parlait... il gesticulait en parcourant sa chambre, et en poussant des soupirs.

Décidément il lui fallait rencontrer quelqu'un à qui il pût dire :

— On m'a volé !

La rencontre eut lieu tout naturellement au moment où les deux voisins ouvrirent simultanément leur porte.

Le bonhomme salua l'ouvrière avec empressement. Celle-ci lui rendit son salut avec la même diligence, et resta sur le pallier comme une personne qui semblait dire : si j'osais, je vous ferais part d'un chagrin dont je suis encore tout émue.

Il faut croire que celui du père Lambert était plus fort ou plus récent ; car il le raconta sur-le-champ à sa voisine.

Il y avait tant de chasteté et de bonhomie dans sa narration que l'ouvrière fut convaincue de la vérité.

Elle le plaignit, non pas avec la plainte des gens du monde, qui ont souvent le sourire au bord des lèvres ; mais avec la compassion d'une âme qui sait comprendre le malheur d'autrui.

— Vous n'êtes pas le seul, hélas ! dit-elle ensuite au père Lambert, qui soyez volé.

La journée d'hier m'a été aussi préjudiciable que la nuit vous a été funeste.

J'étais sortie pour livrer à certaine comtesse de l'ouvrage fait dans un but de charité. Quand je suis rentrée chez moi, j'ai trouvé ma commode en désordre. Le peu de linge que je possédais n'y était plus. Et puis on m'avait soulevé la petite caisse d'épargnes où se trouvait le fruit de mes économies pendant l'année... Trente francs ! M. Lambert.

C'était toute ma fortune, et je l'ai perdue !

Quant à des bijoux on ne pouvait m'en prendre beaucoup... Je n'ai ni montre ni boucles d'oreilles... Il me manque cependant une bague qu'une amie m'avait donnée avant de mourir.

Cette bague, le temps l'avait usée, et j'avais rattaché l'anneau brisé à l'aide d'un fil noir, en signe de deuil ; mais je donnerais le reste de mon pauvre mobilier pour la ravoir...

Au récit de l'ouvrière, le père Lambert semblait avoir oublié son chagrin personnel. C'est ainsi que deux douleurs se fondent dans une même plainte.

— Vous êtes bien jeune, mademoiselle, dit le professeur d'écriture, pour être éprouvée du malheur.

A votre âge, ce n'est pas comme au mien, le cœur n'est pas encore bronzé aux feux de l'adversité.

Si je vous racontais mes peines vous verriez que mon existence a été abreuvée de fiel et de déceptions.

La solitude en tout temps m'a déplu. J'ai cherché plus d'une fois à m'attacher la main d'un ami, et je n'ai jamais pu y réussir.

Parmi les gens que j'affectionnais, deux m'ont délaissé après m'avoir rendu le mal pour le bien ; le troisième, qui était menacé de perdre la vue, que je guidais par la main, et avec lequel je partageais mon pain, fatigué sans doute de faire l'aveugle, a trouvé le moyen de voir clair pour emporter un jour mes habits et tous les papiers utiles qui étaient dans mon portefeuille.

Privé d'amis qui n'avaient jamais songé qu'à me trahir, j'aurais pu unir ma destinée à celle d'une jeune fille pauvre et honnête ; mais j'ai craint de la rendre malheureuse. Que pouvais-je lui offrir ? Je n'ai qu'une plume qui tombera bientôt de mes doigts tremblants... Qu'est-ce après tout qu'un professeur inconnu ? C'est un homme qui inspire plus de pitié que d'intérêt. C'est le frère d'un auteur sans nom qui meurt de faim dans un grenier...

Mais, pardon, mademoiselle, de vous avoir raconté une partie de mes malheurs, ce sont les vôtres qui en sont cause... en même temps que la perte de ma montre... J'avais besoin de déverser mes chagrins dans un cœur sensible ; car il y a des instants dans la vie où l'on ne peut plus pleurer seul dans son coin...

Adieu ! mademoiselle, je rentre maintenant dans ma chambre. Il me semble que je suis soulagé. Si vous aviez besoin de moi, je ne suis pas un loup, et malgré qu'on m'ait trompé toute ma vie, je suis encore prêt à obliger mes semblables.

Le père Lambert se retira chez lui, et on l'entendit bientôt après, en homme d'ordre, remuer les chaises pour faire son ménage.

Un quart-d'heure à peine venait de s'écouler lorsque le bonhomme revint sur le pallier, et frappa à la porte de l'ouvrière :

— Voisine, êtes-vous là ?

— Oui, monsieur Lambert.

— Je vous dérange ?

— Non, fut-il répondu.

— J'ai une bonne nouvelle à vous annoncer.

— Laquelle ?

— Je suis sur la trace de votre voleuse.

— Comment savez-vous que c'est une voleuse ?

— Eh ! parbleu ! puisque la mienne est la vôtre.

— Expliquez-vous, voisin.

— Rien de plus facile. A l'instant même, en découvrant mon lit, j'ai trouvé une bague.

— Une bague dans votre lit !

— Qu'y a-t-il de surprenant, puisqu'une jeune fille y a passé la nuit ?

— Votre protégée d'hier ?

— Vous l'avez dit... Maintenant, je vous apporte la bague justement rattachée avec un fil noir qui a cédé sous l'effort d'un doigt qui n'était pas le vôtre... La reconnaissez-vous ?

L'ouvrière poussa un cri de joie, et remercia vivement M. Lambert.

— C'est elle ! c'est la bague de ma pauvre amie ! O mon Dieu ! je vous promets de la faire réparer, afin de la conserver à mon doigt jusqu'à mon dernier soupir.

XVI

La Famille pauvre.

Vous est-il arrivé comme moi, lecteur, en parcourant les champs, de trouver une grande plaine où le sable brûlant était aride? Si vous avez vu cette plaine dans vos pérégrinations, vous avez dû remarquer que les arbres de la route manquaient de feuilles ou bien que celles existantes étaient jaunes et grillées par le soleil. Il y avait aussi beaucoup de feuilles à terre ; mais elles crépitaient sous les pieds du voyageur. L'herbe du chemin était souffrante et baissait humblement la tête, prête à périr faute d'ombre et de rosée.

Plus loin, au détour de la plaine ou du champ désert, se trouvait quelquefois un sentier rapide conduisant vers un vallon où la nature changeait d'aspect.

L'herbe croissait verte au milieu de ce vallon. Une charmille bien touffue bordait la route, et la prairie émaillée de fleurs printanières était mollement arrosée par une source qui allait se perdre en serpentant sous les allées sombres d'un bois dont le doux ombrage invitait au repos.

Vous vous disiez alors, pourquoi cette source qui se perd ne va-t-elle pas répandre ses eaux dans le champ qui se meurt de soif? Elle semble lui tourner le dos et s'enfermer dans la solitude.

Serait-ce l'image du riche fuyant le pauvre, et qui, avare de ses trésors, les confine dans une retraite obscure?

Je le pense volontiers comme vous...

Et puis encore, lorsque vous aperceviez les enfants du pauvre sur le bord d'un chemin, que ces enfants, beaux quelquefois comme des anges, marchaient pieds nus et sans linge, sur la terre et les cailloux, ne vous est-il pas venu dans l'idée que si ces petits malheureux étaient nés sous le toit du riche, celui-ci serait fier de les posséder?

Pourquoi n'ont-ils qu'une chemise trouée sur le corps? Pourquoi leurs cheveux blonds et frisés sont-ils privés de parfums et de soins? Pourquoi n'ont-ils que du pain bis, lorsque d'autres enfants placés également sous la protection du ciel, sont bien nourris et bien vêtus?

Hélas! c'est qu'ils sont les enfants du pauvre! Cela fait mal, n'est-ce pas, quand on y songe?

Et la misère semble parfois oublier le dénuement où elle se trouve.... Il faut bien qu'elle s'accommode de son sort, puisque le riche l'a délaissée.

Vous est-il arrivé aussi, parmi vos courses à la ville, de gravir les marches d'un escalier jusqu'aux mansardes ? De vous trouver tout essoufflé en arrivant au faîte de l'escalier, et de remarquer, au bout d'un long couloir assez obscur, une petite échelle de meunier, avec une corde le long du mur, pour aider les gens qui y montent à parvenir dans des greniers froids et malsains ?

Si vous avez eu le courage d'aller jusque-là, vous avez dû voir que la misère se loge où elle peut, voire à côté du vice.

— Mais, direz-vous, lecteur, à quoi bon ce préambule ?

— Ma réponse, la voici : C'est qu'au-dessus de la chambre du père Lambert et de celle de la modeste ouvrière, se trouvait précisément la demeure d'une famille pauvre, savoir : Le père qui avait été dangereusement malade, la mère qui lui avait prodigué d'excellents soins, et deux blondins qui n'étaient pas encore en âge d'aller à l'école.

Cette pauvre famille, c'était le champ délaissé où l'herbe tendre se mourait sous les ardeurs du soleil.

Personne ne songeait à la secourir dans sa détresse affreuse, cette malheureuse famille, et le riche, nous l'avons vu, sous l'habit d'un propriétaire égoïste et froid, rudoyer la femme qui ajournait le paiement de son loyer.

Or cette femme, c'est la voisine des époux Ricard, c'est la compagne d'un artisan qui, grâce à Dieu, va pouvoir reprendre ses travaux.

La rosée du ciel est tombée sur eux pour leur rendre le bien-être et la vie. Un secours inespéré les a tirés d'embarras.... Et l'herbe foulée aux pieds s'est redressée sur le sol. Il était dit qu'elle ne périrait pas. Dieu parle souvent plus haut que les hommes.....

Qui m'avait poussée à monter jusqu'au grenier ? Etait-ce l'étude du malheur ?

J'avais sous les yeux celui du père Lambert et de la jeune ouvrière dont la santé faiblissait de jour en jour.

N'était-ce pas assez ? — Non, il m'importait de connaître plus amplement la position de cette pauvre femme à laquelle le général avait fait une promesse trompeuse. Car il n'avait demandé aucun secours pour elle au château. Ce qui va suivre nous le confirmera.

Lorsque je visitai le grenier qui abritait la pauvre famille, la gaieté s'était montrée avec le jour. Une petite fille et son petit frère jouaient dans leur berceau. Au-dessus de leur tête une image représentait l'enfance de Paul et de Virginie. L'image était moins belle que les portraits vivants.

J'eus un plaisir infini à voir folâtrer les deux enfants qui s'embrassaient l'un l'autre en se faisant mille caresses.

A un signal de la mère, ils ne firent plus de bruit, et ils se mirent à genoux pour faire leur prière.... Puis la mère les habilla ensuite fort proprement. Et ils étaient heureux.

— Sais-tu ? femme, dit le mari, que c'est quelque chose de bien extraordinaire que la vie ? Hier j'étais dans mon lit triste et souffrant, aujourd'hui me voilà debout et prêt à redemander de l'ouvrage.

Nous pleurions hier matin à chaudes larmes ainsi que nos enfants qui demandaient du pain ; le soir, un secours de cinquante francs nous parvenait, et nous chantions....

— Oh ! répondit la femme, c'est que l'argent seul donne la gaieté.

— Non, femme, répliqua le mari, la gaieté provient plutôt de la simplicité des mœurs. L'argent seul ne fait pas le bonheur.

Nos voisins Ricard paraissent plus fortunés que nous ; ils vivent grandement et font de la dépense. Eh bien ! ils sont continuellement en rumeur. S'ils ne payaient pas régulièrement leur terme, il est probable, au dire des concierges, que le propriétaire les aurait expulsés depuis longtemps de la maison.

A propos du terme, nous sommes au 15 août. Il y a plus d'un mois que nous devons le nôtre.

Le propriétaire s'est montré indulgent. Femme, il faut aller lui porter le loyer, et tu le remercieras d'avoir bien voulu l'attendre. Et puis en sortant de chez lui, informe-toi de l'heure à laquelle le général pourra nous recevoir.

La femme mit un mouchoir blanc sur son cou, en place de châle, et elle sortit après s'être précautionnée d'un panier....

Elle ne fut que peu de temps absente.

A son retour elle déposa dans la chambre son panier qui était rempli de provisions.

— Eh bien ! femme, demanda le mari, que sais-tu ?

— Beaucoup de choses.

— Sont-elles intéressantes ?

— Oui, mais il y en a une qui m'a contristée.

— Laquelle ?

— Après avoir retiré notre quittance des mains du propriétaire, j'ai parlé au valet de chambre du général ; mais il a ri quand je lui ai fait part de nos bonnes intentions relativement au secours que nous avons reçu.

— Montrez-moi la lettre d'envoi, m'a-t-il dit :

Puis il me l'a rendue en redoublant ses éclats de rire.

— Pauvres gens ! a-t-il ajouté, on voit bien que vous ne savez pas lire ! Cette lettre n'est pas de la plume du général qui n'a rien sollicité pour vous. C'est l'œuvre d'un brave philanthrope désirant garder l'anonyme, et qui a su se renseigner sur votre position.

Alors il m'a lu le contenu de la lettre qui se rapportait parfaitement avec ce qu'il m'avait dit de vive voix.

De sorte que nous voilà maintenant dans l'impossibilité de remercier celui qui nous a secourus.

— C'est une satisfaction de moins pour nous, soupira le mari.

La femme continua :

— J'ai encore une nouvelle à t'apprendre.... En sortant dans la rue, pour faire mes provisions, j'ai vu quelques personnes rassemblées devant une affiche. L'une d'elles lisait tout haut.

Voici ce que contenait l'affiche :

« Récompense honnête à quiconque rapportera un portefeuille perdu, lequel renferme les papiers de famille d'un général. »

Et l'on donnait pour adresse celle du concierge de la maison où nous demeurons.

— Ah ! si j'avais trouvé ce portefeuille ! fit le mari.

— Qu'en auras-tu fait ? demanda la femme.

— Je me serais empressé de le rendre au général sans vouloir de la récompense promise. C'eut été une occasion favorable pour lui demander le nom de notre bienfaiteur.

XVII.

La Famille Ricard.

Une cage contenant des animaux féroces doit être moins dégoûtante à décrire que le chenil sale et fétide où vivaient les voisins de la famille pauvre.

Si je retrace ce chenil au lecteur, c'est que je l'ai vu, et que dans le chapitre du Juge nous avons déjà eu une ébauche des époux Ricard.

Le juge n'avait rien exagéré sur le compte de ces gens faux et pervers.

Quel contraste entre les deux réduits ! Celui des voisins honnêtes était propre et rangé. Le grenier des Ricard était un lieu de désordre et de débauche.

Des os de poulet jetés çà et là dans le bouge, débris du repas de la veille, se mêlaient aux tessons d'une bouteille cassée dont le vin avait dû se répandre à terre.

Deux chats maigres et noirs essayaient de ronger les os en jetant de côté leur regard sauvage.

Près d'eux, un vieux tapis déchiré, lambeau d'une richesse passée, servait de lit à un jeune enfant qui se roulait dessus. Cet enfant semblait jouer avec un coffret, en imitation de bois de palissandre, sur le couvercle duquel on lisait : *Caisse d'épargnes.*

Une femme hideuse et dont la maigreur rivalisait avec celle des chats, était assise sur une vieille paillasse décousue, et regardait d'un œil fauve et semi tendre l'enfant qu'elle avait doté de sa laideur :

C'était la mère.

Le père, dans un coin du grenier, cirait ses bottes, tandis qu'un petit garçon sale et débraillé surveillait le lait au-dessus d'un fourneau.

Dans le fond de la pièce, et près de la fenêtre à tabatière qui éclairait la scène, une jeune fille placée devant un miroir fixé au mur dégradé, se pommadait avec coquetterie.

Elle avait les cheveux d'un roux ardent, et la peau du visage couverte de son.

A la première vue, je crus reconnaître cette fille ; mais ses défauts apparents au grand jour me firent penser que je me trompais.

Cependant quelques mots du père changèrent bientôt mes soupçons en réalités ; car il demanda avec un accent de colère :

— Qui de vous a donné à l'enfant le coffret qu'il tient dans les mains?

— C'est moi, répondit sans crainte la grande fille rouge.

— Il faut bien que le petit s'amuse avec quelque chose, ajouta la mère, puisqu'il n'a pas de poupée, et qu'il a crevé son tambour.

— Vous êtes deux maladroites, la mère et la fille, reprit le père. Je n'entends pas qu'on garde ici des objets pouvant nous compromettre. Cette boîte là n'est pas un jouet.... Et la preuve c'est que je vais la briser.

Disant ces mots, il arracha le coffret des mains de l'enfant qui se mit à pleurer, et il le détruisit avec fracas d'un coup de talon de botte.

— Voilà qui est fait !... Maintenant, dit-il avec calme, l'ouvrière ne viendra pas le réclamer.

Quant au contenu il a déjà vu le changeur. Il n'est plus reconnaissable. Une pièce de vingt francs est si tôt dépensée !

C'est égal ! Larousse, je m'attendais à ce que tu ferais une meilleure recette. Vingt francs, c'est peu pour crocheter une porte et fouiller dans une commode en plein jour, quand les gens peuvent nous surprendre !

Après cela, je ne suis pas tout-à-fait édifié sur le compte. Tu m'as donné ce que tu as voulu.

Les jeunes filles sont si distraites, et parfois si menteuses !

Tu as peut-être oublié quelque pièce de monnaie au fond de ta poche ?

Le visage de Larousse devint pourpre ; elle s'écria :

— On se méfie sans cesse de moi dans la baraque ! Puisque je vous ai remis le coffret avec ce qu'il contenait, pourquoi me soupçonnez-vous d'avoir gardé de l'argent ?

— Parce que tu as pu en prendre.

— Moi? fi donc!

— Jure-moi ta parole.

— Ma parole d'honneur!

Le père hocha la tête et feignit de croire au faux serment.

— Ce qui me fâchera continuellement, reprit-il en s'animant, c'est que chacun de vous cherche à me tromper.

La femme réclama..

— Je ne te parle pas, cria le mari, je dis ce que je veux et je sais ce que je sais.

Hier au soir, par exemple, j'ai trouvé dans la poche du pantalon de ce *monsieur* qui surveille le lait, un portefeuille que je n'ai pas encore eu le temps d'examiner.

Pourquoi *monsieur* s'est-il endormi avant de me donner ce portefeuille?

— Père, dit l'enfant, qui retira le lait du feu, c'est toute un histoire.

— Je n'en veux pas d'histoire! c'est la vérité que j'attends!

— La voici : J'étais hier dans l'escalier lorsque le général descendait les marches.... Il a laissé tomber son portefeuille, et je l'ai ramassé à la sourdine.

— Pourquoi ne le lui as-tu pas restitué?

— Parce qu'il pouvait renfermer des billets de banque, et que nous serions devenus riches!

— Je vous approuve, *monsieur*, vous serez plus tard un homme rangé.... Mais comment sais-tu, petit drôle, que le portefeuille ne contient pas de valeurs.

— Oh ! j'ai eu le soin d'y regarder.

— Fort bien ! Tu n'avais dès lors aucun intérêt à le conserver.

— Pardon ! j'y ai trouvé des lettres de famille auxquelles le général peut tenir.

Je me suis dit, si ces lettres ont du prix, le général ne manquera pas de réclamer son portefeuille perdu. Il fera apposer des affiches dans Paris, avec la promesse d'une récompense, et...

— Et.... interrompit Ricard.

— C'est justement ce qui est arrivé, reprit le petit mauvais sujet. L'affiche est placardée dans le quartier, je l'ai lue ce matin en allant chercher le déjeûner.

— Bravo ! *monsieur*, bravo ! s'écria le père. Voilà un enfant qui décidément aura plus d'esprit que je ne croyais lui en avoir donné. S'il continue, il fera son chemin, et je le reconnaîtrai pour mon fils !

Maintenant.... et tout en approuvant la réserve de *monsieur*, j'entrevois des difficultés pour rendre à qui de droit le portefeuille.... Qui se chargera de le reporter ? Nous sommes connus dans la maison.

— Ce sera moi, dit Larousse, qui ferai la restitution.

— Tu risques de nous trahir.

— Allons donc ! fit Larousse avec un geste indécent. Est-ce que le père Lambert m'a reconnu quand j'ai fait la fille abandonnée pour m'introduire chez lui? Il est vrai de dire que je m'étais teint le visage et que je portais une belle chevelure noire.

Quel vieil idiot que ce père Lambert! Ah! je ris quand j'y songe! Il m'appelait mademoiselle gros comme le bras, et m'a fait l'abandon complet de son lit où, par parenthèse, j'ai perdu une bague qu'il a dû trouver...

Ce que c'est que la chance! On va pour voler les gens, ce sont eux qui nous volent.

— Allons! taisez-vous, bavarde! dit Ricard. Je ne suis pas convaincu du chou-blanc. Vous n'avez rien pris chez le père Lambert? cela n'est pas prouvé. Un maître d'écriture doit avoir une montre. A moins qu'il se contente de porter seulement les breloques que je lui ai vues.... Vous avez dû faire main basse sur le tout.

— Et puis...

— Vous l'avez vendu, *mademoiselle* Larousse.

— A qui donc? Ce n'est pas à votre compère, il vous l'aurait dit. Est-ce à un orfèvre ou à un bijoutier du quartier? Il ne m'aurait acheté les objets dont il s'agit qu'à la condition de venir payer à domicile.

— Toutes vos raisons sont excellentes, *mademoiselle* Larousse; mais je guetterai partir un matin le père Lambert, et s'il n'a plus ses breloques, je vous demanderai où vous avez placé la montre.... C'en est assez! Revenons à notre portefeuille, et occupons-nous de savoir ce qu'il contient réellement, avant de le restituer au général.

Ricard examina l'un après l'autre, et dans l'ordre où ils se trouvaient, tous les papiers du portefeuille. Les jugeant insignifiants, il se disposait à s'en dessaisir en faveur de Larousse, lorsqu'il s'arrêta à la lecture d'une lettre qui parut l'intéresser.

Cette lettre était du général lui-même. Il l'avait écrite à un frère, ancien sous-officier retiré comme lui du service militaire, pour le prier de le rejoindre à la Martinique où il désirait se fixer.

« J'ai quitté Paris, lui disait-il, pour ne plus y rentrer. Je suis las du bruit de la Cour et des grands. Ce qu'il me faut c'est une vie paisible loin de la capitale ; mais je désire t'avoir près de moi. J'ai besoin de ton amitié ; deux frères jumeaux ne sont pas nés pour vivre séparés ; viens donc me retrouver au plus tôt. Si je mourrais, je n'aurais personne dans la colonie pour recueillir ma succession.... »

— Voilà une lettre qui révèle bien des secrets ! murmura Ricard.... Elle m'apprend clairement que le général, qui a fui Paris, n'a pas dû y revenir, et qu'il est mort à la Martinique. Le sous-officier y est arrivé fort à propos pour ramasser la fortune d'un frère et lui voler en même temps ses titres. Il s'est déclaré défunt afin de reparaître sous l'habit du général.

Le tour de l'escamoteur a été bien joué, grâce au rapprochement des gobelets ; c'est dommage que je tienne la muscade entre les doigts.

Tout conclu, je garde le portefeuille.... pour le remettre au commissaire de police.

A ces mots, il y eut une querelle de ménage.

La femme Ricard préféra la récompense promise à la dénonciation.

— Qui sait, dit-elle, si tes soupçons ne sont pas dénués de fondement? Tu iras te brûler à la chandelle, et le commissaire de police sera bien aise de savoir ton nom. C'est une triste clairvoyance que la tienne! Tu n'entrevois jamais que le mal. Je suis d'avis, moi qu'un œuf couvé plus que le temps nécessaire ne produit jamais de poulet. Si tu conserves le portefeuille, il nous arrivera malheur....

Donne-le sans scrupule à Larousse puisqu'elle se charge de le reporter au général.

Ricard s'obstina, et le tumulte alla son train.

Au plus fort de la dispute on heurta violemment à la porte.

— Qui est là ? demanda Ricard, tandis que le plus grand calme se fit autour de lui.

— Au nom de la loi.... Ouvrez !

— Cache le portefeuille, fit tout bas la femme.

— A quoi bon ? répondit le mari.

Et il ouvrit.

Des agents de police se saisirent de Ricard en lui disant :

— Vous tenez dans les mains un objet volé.

— Pardon, messieurs, objecta le petit garçon. Il ne faut pas accuser mon père d'avoir pris le portefeuille, c'est moi qui l'ai trouvé dans l'escalier.

— Nous le savons, petit coquin, répliqua l'un des agents ; quelqu'un t'a vu le ramasser discrètement aux pieds du général.

XVIII.

Le Mont de Piété.

On entrait dans les premiers jours d'automne. Six semaines s'étaient écoulées depuis l'arrestation de Ricard dont on n'avait plus entendu parler.

Les feuilles des arbres mûries par les chaleurs de l'été s'envolaient lentement dans la brume du matin, et la mansarde de l'ouvrière n'était plus ombragée que par quelques tiges desséchées de volubilis portant leur graine sombre.

Elle-même, la pauvre ouvrière n'était plus que l'ombre d'une jeune fille ayant perdu son éclat et sa fraîcheur.

Son corps, épuisé par le travail, les veilles et les privations, ne tenait plus à la vie que par un fil comme le volubilis mourant.

La misère l'avait torturée au sein de la mansarde, la malheureuse jeune fille ! et elle n'avait demandé de secours à personne, pas même au père Lambert qui ignorait les maux qu'elle endurait. Car le travail avait manqué ; la morte saison s'était fait cruellement sentir et, à son retour, le travail trouva l'ouvrière sans courage et sans force... Il lui avait fait alors ses adieux...

Quand le travail fuit l'ouvrière, elle est bien à plaindre! Une jeune fille sans travail est une perle dans la fange.

Mais hélas ! doublement à plaindre est l'ouvrière que le travail abandonne parce qu'elle n'a plus la force de lui obéir. Celle-là souffre au moral comme au physique. Elle fait parfois des efforts qui la tuent ou bien elle s'abandonne au chagrin qui la ronge et qui sèche jusqu'à son dernier pleur.

Pauvre ouvrière! le monde heureux est bien coupable lorsqu'il te délaisse!

Ce fut pourtant ce qui arriva dans la mansarde où la jeune fille resta seule et sans ressources.

Malgré son état souffrant elle s'absentait quelquefois dans la journée avec un petit paquet sous le bras; mais quand elle revenait je ne lui voyais point rapporter d'ouvrage.

Je m'aperçus enfin que les tiroirs de la commode étaient vides et que le lit manquait de draps...

Un jour, elle prit la couverture et l'emporta.

Désirant savoir où s'en allaient ses effets et son linge, je la suivis dans la rue sans qu'elle se doutât de ma curiosité.

Je la vis alors s'arrêter devant un bâtiment à trois étages dont les fenêtres du rez-de-chaussée étaient fortement grillées comme celle d'une prison.

Au milieu du bâtiment se trouvait une grande porte cintrée au-dessus de laquelle planait la hampe d'un drapeau maintenu à gauche et à droite par deux barres de fer. Le drapeau couvrait la hampe autour de laquelle il s'était enroulé, et l'on ne voyait que l'une des couleurs nationales, la bleue, dont la teinte usée par la pluie et le soleil donnait à ce drapeau l'aspect d'un crêpe noir.

On lisait sur le fronton de la porte : *Mont de Piété.*

L'ouvrière ne regarda pas cette inscription qu'elle semblait connaître depuis longtemps, et elle passa sous la porte, traversa une cour, puis une autre à la suite d'un second bâtiment qui se reliait carrément avec celui de la rue, et tourna vers l'angle droit où des caractères assez gros frappaient la vue au-dessus d'une porte. Le peintre avait mis : *Engagements et dégagements.*

Toujours à droite et en franchissant la nouvelle porte, il y avait un petit bureau en face d'un autre qui portait pour enseigne : *Inspecteur de police.*

Ce n'est pas chez cet inspecteur que l'ouvrière avait besoin ; aussi dirigea-t-elle ses pas vers l'autre bureau, au pied d'un escalier conduisant à la salle des dégagements au premier étage.

Sur le mur du bureau situé au rez-de-chaussée, on pouvait lire ces mots : *Bureau des engagements. — 3e division. — Linge, hardes*, etc.

Ce fut là que l'ouvrière s'arrêta.

Plusieurs personnes y faisaient queue pour arriver à un guichet ouvert dans la cloison qui séparait dans la même pièce les employés d'avec le public.

Une balustrade en bois qui rétrécissait cette pièce déjà fort petite, obligeait les particuliers à se présenter l'un après l'autre au guichet.

On voyait toutes sortes de misères réunies à la fois :

Celle de l'artisan sans ouvrage, et celle de l'ouvrier paresseux. Puis celle de la pauvre mère de famille, et celle de la femme sans conduite.

On entendait par instants quelques soupirs s'échapper de la poitrine de ces malheureux qui se dépouillaient de leurs effets ; mais parmi eux il s'en trouvait qui savaient encore sourire à l'aspect d'un peu d'argent.

Quand l'ouvrière put s'approcher du guichet, elle déposa son paquet.

— Défaites cela ! lui dit-on sans préambule.

Elle s'empressa d'obéir.

— C'est une couverture. Elle n'est pas neuve, fit observer le commis qui la déplia.

Puis en la regardant de plus près, il ajouta :

— Je ne me tromperai même pas en disant qu'elle est usée jusqu'à la trame. Le prêt que je vous ferai ne sera pas de forte valeur.

— J'accepterai ce que vous me donnerez, répondit humblement l'ouvrière.

— Vous aurez trois francs, reprit le commis.

— C'est du pain pour le restant de mes jours, répliqua l'ouvrière...

Le commis lui remit deux pièces de monnaie blanche et un bulletin jaune.

La malheureuse les prit en pleurant.

Comme elle s'en allait du bureau, elle aperçut une personne qui descendait l'escalier dont nous avons parlé.

Cette personne, c'était Larousse, la fille de Ricard.

Dans le but de l'éviter, l'ouvrière baissa les yeux; mais Larousse l'aborda familièrement et avec toute l'effronterie que peut avoir une coquine qui se sent heureuse de voir l'honnêteté dans le malheur.

— Et vous aussi, mademoiselle, vous venez dans cette maison?

— Vous l'avez dit ! J'y viens... mais pour la dernière fois ; car je n'ai plus rien à porter au Mont de Piété. Les hospices se serviront de ma couverture pour réchauffer les pieds de leurs malades. C'était la seule richesse de mon lit, et je viens de la donner.

— Pauvre jeune fille! bégaya Larousse. Vous me fendez le cœur...

— Mais vous? demanda par manière d'acquit l'ouvrière, quelle circonstance vous amène ici?

— Moi, répondit Larousse... Ah ! c'est bien différent ! Je sors du bureau des dégagements.

Je suis entrée comme vous, il y a quelque temps, par une petite porte pour déposer ce que je possédais; aujourd'hui je remporte mon bien en descendant le grand escalier.

C'est comme cela dans la vie ! fit-elle en ricanant d'un air insolent... Il y a des hauts et des bas !...

Puis elle reprit gravement :

— Vous ignorez peut-être que mon père n'est plus en prison ? Il faut que je vous tienne au courant de l'affaire :

Il a été arrêté, comme vous le savez, à propos d'un portefeuille trouvé, au moment même où il s'apprêtait à le rendre au général.

Les juges, qui ne pouvaient mettre en doute sa délicatesse non plus que son bon vouloir, n'avaient aucun motif pour le condamner, et il a été acquitté à la majorité des voix.

— Je l'en félicite !

— Vous savez aussi que nous sommes déménagés ? Nous habitons maintenant dans un lieu bien tranquille, depuis que mon père est libre et qu'il a trouvé de l'occupation.

— Il travaille ! dites vous, tant mieux ! Le travail est la consolation du pauvre.

— Oh ! nous ne sommes plus pauvres ! reprit fièrement Larousse. Mon père gagne de bonnes journées !

— Quelle est est sa profession ?

— Il est fossoyeur, et loge avec nous dans la petite maison du gardien du cimetière qui est un de nos vieux amis.

— Fossoyeur, répéta l'ouvrière, avec un sentiment de répulsion... Il est fossoyeur !

— Ne faites pas fi de l'état, mademoiselle, c'est un des meilleurs. Seulement on exige de la régularité dans les travaux. C'est pourquoi j'ai songé, maintenant que nous sommes à notre aise, à retirer du Mont de Piété la montre d'argent que mon père m'y avait fait mettre dans un moment de gêne. Elle lui sera bien utile pour l'emploi de son temps au cimetière, et elle lui donnera l'heure dans le courant de la journée, ce que doit toujours connaître un fossoyeur.

J'ai déboursé douze francs pour la ravoir cette chère montre ! Elle vaut bien cela... Regardez plutôt, mademoiselle, fit Larousse en la retirant de sa poche... Il y a des breloques et une chaine de gilet qui coûteraient plus du double de ce prix s'il fallait les acheter chez le marchand...

Et comme si elle eut craint qu'on vint la déposséder, Larousse remit tout aussitôt la montre dans sa poche, et quitta l'ouvrière assez brusquement.

Le lecteur n'était pas avec moi pour voir cette montre ; mais je crois la lui avoir suffisamment dépeinte pour qu'il la reconnaisse.

XIX.

Le repos de l'ouvrière.

Tout se repose en ce bas monde : l'oiseau sur la branche, le berger sous la feuillée, le laboureur quand vient le soir, le soc après le labour, le champ après la récolte, la vigne après la vendange, le glaive après le combat, et le guerrier sous des lauriers.

Le poète, l'artisan, l'artiste, le commis, la grisette et la femme dans son ménage, chacun a ses instants de repos et de loisir ; mais l'ouvrière à quelle heure se repose-t-elle ?

La nuit elle songe à son travail ; le jour elle l'accomplit.

Est-elle malade ? On la voit s'asseoir sur son grabat et essayer de reprendre l'aiguille.

C'est ce qui se passait près de moi dans la mansarde.

La pauvre ouvrière, qui était alitée depuis deux jours, se leva sur son séant.

9

— Nous sommes au mois d'octobre, dit-elle en regardant l'almanach placé près de son chevet.... C'est aujourd'hui le 8..... Un vendredi.... fit-elle après une pause.... Il y a trois ans à pareille date je perdais mon amie.... Celle qui m'a donné une bague que je n'ai point livrée au Mont-de-Piété, malgré ma misère !

Elle m'a laissé un souvenir, cette douce amie ; il est bien juste que je lui lègue le mien.... .

Toute faible qu'elle était, et demi chancelante, elle descendit du lit, marcha vers sa commode, et en retira quelques rognures de satin blanc, de la carte et des perles ; puis elle prit une aiguille et de la soie.

Quand elle eut tout ce qu'il lui fallait pour exécuter l'œuvre qu'elle avait conçue dans sa pensée, elle se remit au lit, couvrit ses jambes nues et faibles avec sa robe et son jupon, puis s'étant penchée du côté du jour, elle façonna une couronne blanche ornée de perles de la même couleur.

De temps à autre elle essuyait son front.....

Une sueur froide en coulait.

Lorsqu'elle eut terminé l'ouvrage, elle sourit tristement.

— Je suis contente de moi, dit-elle, mes forces reviennent peu à peu ; je reprends goût au travail. Il me semble que je ne suis plus malade et que j'ai accompli ma tâche sans fatigue..... Cette couronne, comme elle est bien réussie..... O mon Dieu ! je vous remercie de m'avoir donné le courage de la faire.... Vous m'avez rendu la santé avec l'amour du travail... Après-demain.... dimanche, j'irai au cimetière... Et... sur la tombe de mon amie, je déposerai ma couronne... Elle verra, si son âme plane au ciel, que moi, sur la terre, je ne l'ai pas oubliée... que je l'aime toujours.... que je regrette... Ah ! je voudrais être à après-demain !..

Elle paraissait animée d'une vie nouvelle, et son front s'illuminait de pourpre comme s'il eût reçu les derniers rayons du soleil couchant; lorsque tout-à-coup elle devint pâle... tremblante... et son corps s'affaissa sur le lit..... Le bleu de ses yeux était éteint.

— Mon Dieu ! que se passe-t-il en moi ? balbutia-t-elle. J'ai froid !... Si je me reposais... Oui... si je me reposais... dit-elle tout bas.

Et la mort effeuilla silencieusement des pavots blancs sur ses lèvres ...

J'avais cru d'abord qu'elle dormait; mais je reconnus bientôt l'affreuse vérité.... Elle était morte.... Et la couronne qu'elle tenait lui glissa des mains pour tomber à terre.

Le soir de ce triste jour, la pauvre ouvrière reposait dans la même attitude et les yeux ouverts... Un de ses bras avait seul bougé de place et pendait hors du lit, comme s'il eût voulu désigner la couronne tombée.

Quelqu'un frappa à la cloison ; mais la morte ne répondit point.

Le lendemain, un bruit plus violent se fit entendre à la porte même de la chambre.... Personne !... Le bruit recommenca.... Le calme le plus sinistre y succéda.

— C'est fort singulier ! dit une voix inquiète.

Un quart d'heure après deux personnes entraient dans la chambre dont la porte avait été ouverte par un serrurier.

Ces deux personnes étaient le voisin Lambert et madame Jolibois.

— Ah ! la malheureuse ! s'écria la concierge. On m'avait bien dit qu'elle mourrait à la fleur de l'âge !

Le père Lambert était resté muet et immobile devant le cadavre. Il le regardait avec un respect mêlé de tristesse.

— Pauvre ouvrière ! reprit Mme Jolibois.... Après tout, chaque chose a sa fin, sur cette terre.... Et puis elle était si gravement malade !... Elle souffrait tant de la poitrine, que c'est une miséricorde de Dieu, de l'avoir appelée vers lui.... Moi je dis qu'elle est bien heureuse maintenant !.... Elle ne laisse personne dans l'embarras, dans la peine.... Elle était seule au monde.... Par conséquent nul ne la regrette... Si ce n'est nous ! eut-elle l'air de dire en se ravisant.... N'est-ce pas M. Lambert ?

Le bonhomme continua de garder le silence.

— Mais, si je ne me trompe, c'est aujourd'hui l'époque du terme, poursuivit la concierge. Ce ne serait pas agréable pour le propriétaire s'il devait perdre l'argent du loyer.

Peut-être aussi cet argent a-t-il été mis de côté.

On peut s'en assurer en visitant les tiroirs de la commode.

Et Mme Jolibois commença son inspection.

— Rien dans celui-ci... Ouvrons l'autre... Vide comme le premier... Un troisième... Libre encore!.. Un quatrième... Semblable au précédent... Le dernier.... Cette fois j'aperçois quelque chose. Ce sont.... des papiers jaunes !... Je les connais ces papiers d'emprunt. Ah mademoiselle ! Je ne m'étonne plus si vous sortiez tous les samedis avec un paquet, et si vous rentriez à la légère. Et moi qui croyais que c'était de l'ouvrage qu'on reportait, tandis qu'on allait faire des visites au Mont-de-Piété.

C'est indigne de m'avoir trompée de la sorte !

Regardez, M. Lambert, regardez ! Elle est morte sans drap sur son lit et sans couverture.

Ce n'est pas moi qui me chargerai de la garder ni de l'ensevelir !

— On se passera de vous, madame, dit sèchement M. Lambert.

— J'admets qu'on puisse à la rigueur se priver de mes services désintéressés, reprit la concierge ; mais je doute que le propriétaire se passe avec satisfaction du loyer sur lequel il comptait.

— Le propriétaire ne perdra rien, madame. Vous pouvez dès à présent lui dire que le père Lambert

8.

se charge de le payer si la vente du mobilier de la défunte ne suffit pas pour répondre du loyer, et qu'il acquittera en outre les frais de l'inhumation. Le convoi sera celui du pauvre secouru par son frère....

La concierge se retira de la chambre en faisant un petit signe de croix hypocrite, et redescendit sans doute à sa loge.

Dès qu'il fut seul, le père Lambert s'agenouilla près du lit, et son front chauve salua la morte.

La couronne blanche se trouvait à ses genoux.... il la ramassa.

— Humble vierge ! dit-il, cette couronne te revient.. Ta vie fut un travail incessant, je le vois! Car au moment même de mourir tu as dû songer à faire une offrande à l'amie que tu as perdue.

Cette offrande, reçois-la de mes mains... Permets que je la dépose sur ton front, et qu'elle forme ton auréole de gloire !...

Le bonhomme s'étant approché de la morte, plaça la couronne sur sa tête ; mais une larme qu'il laissa tomber se fondit parmi les perles.

— Et maintenant que me voilà devant toi, reprit-il en se remettant à genoux, que j'y suis comme un coupable, je ne crains pas de dire tout haut que je suis un égoïste..., un homme froid n'ayant pas su m'informer de toi depuis le jour où nos malheurs avaient fait cause commune.

Oui je suis un être dépourvu de cœur et de sentiment humain ; car je t'aimais depuis longtemps, et je n'ai jamais osé te le dire. J'ai fui ton doux regard en voilant mes yeux creusés par la douleur. J'ai vieilli seul dans la misère ; car je n'aurais pas voulu unir les rides sombres de l'âge mûr au gai printemps de ta jeunesse.

Tu avais dix-sept ans alors, et je me cachais pour écouter tes chants d'amour et de travail, quand ta voix tendre et sympathique résonnait doucement dans la mansarde.

Ton amie, quoique souffrante, était réjouie de t'entendre, et moi.... je pleurais !....

Plus tard, la mansarde devint silencieuse... Tu étais restée seule ! A ton tour tu fus maladive... Et de mon côté les peines se sont accrues.... Qu'ai-je fait alors ? J'ai vécu dans l'isolement le plus complet.

Je t'ai caché mes chagrins.... mes embarras... ma misère et mon habit troué, jusqu'au jour où j'ai perdu la montre de mon père !... C'était le dernier coup du sort ! Je me suis plaint quand il m'a frappé.

Tu sais tout maintenant, ô reine des vierges ! pardonne-moi de t'avoir délaissée.... Je n'ai pas cessé un instant de t'aimer, tout en respectant ta mansarde.

Mais hélas ! tu es morte dans le besoin, et je n'en ai rien su !... C'est la faute dont je m'accuse devant toi sans pouvoir la réparer.... Puissent mes larmes répandues sur ta tombe et la couronne que j'y porterai, témoigner de mes regrets sincères...

Le père Lambert quitta la chambre pour aller remplir, avec le mari de Mme Jolibois, les formalités relatives à la déclaration du décès.

Le soir, ce fut lui qui procéda à l'ensevelissement du corps, après la visite du médecin qui déclara qu'une phthisie avait enlevé l'ouvrière.

Comme le pauvre homme possédait deux draps, il en donna un à la morte pour linceul, et il ne lui cacha point le visage.

Une chandelle allumée l'éclaira faiblement.

Ces devoirs accomplis, le bonhomme se plaça sur une chaise au pied du lit, et pria pour le repos de l'ouvrière.

XX.

Le Convoi.

Une ouvrière que la mort enlève, c'est pour les gens sérieux une abeille de moins à la ruche. Pour les indifférents, c'est tout simplement une mouche qui tombe dans le vide.

Moi, je voyais bien des réflexions à faire sur la mort de l'ouvrière.

Je me disais, la phthisie n'est-elle pas le dépérissement du corps par suite des privations, de l'excès de travail et du manque d'air et de soleil ?

Les hommes savent constater le résultat de cette maladie incurable, ne pourraient-ils pas la prévenir en ne laissant pas les femmes abandonnées à leurs propres forces ?

N'y a-t-il pas assez d'hommes sur la terre pour assurer le sort des femmes, ou bien les bras ne sont-ils pas assez courageux pour venir à leur secours ?

Si la femme, dès l'âge le plus tendre, doit travailler sans relâche pour s'assurer le pain quotidien, la vie est trop longue pour elle !

Si le travail incessant de la femme, ne lui procure rien sur ses vieux jours, la vie est trop courte !... C'est celle de la mouche, du ver à soie ou de l'éphémère.

En changeant la question, cette dernière réflexion est applicable à l'étude.

Un savant a-t-il eu le temps de s'instruire ? Un penseur a-t-il eu assez d'années devant lui pour parler ? Un écrivain sait-il assez de choses pour écrire ?

Non ! Les années sont des jours qui se succèdent trop rapidement.

Les hommes ont à peine le temps de songer au bien, et ils oublient souvent l'instant où il leur serait facile de le faire.

La mort de l'ouvrière était aussi pour moi un avertissement prochain. Car il y a deux mots dans la vie qui s'appliquent aux mortels :

Hier pour ceux qui sont partis. Demain pour ceux qui s'en iront.

J'avais déjà vu disparaître une foule de mouches qui comme moi s'étaient plu à bourdonner dans l'espace..... Mon tour viendra demain ! me disais-je.

Et la vie me semblait un rêve.

Je m'étais posée sur le drap de la morte, et je regardais avec douleur le visage froid et décoloré de la jeune fille, qui naguère m'avait montré plus d'un gracieux sourire. — Pauvre lys blanc ! tu es plus pâle que ton linceul.

Tandis que je lui donnais mes pensées d'adieu, je vis entrer dans la chambre deux hommes vêtus de noir, qui déposèrent à terre une boîte longue en sapin blanc, mal jointe...

C'était le cercueil !

Ces deux hommes qui sentaient une forte odeur de vin, s'approchèrent du lit, enlevèrent le corps sans que j'aie eu le temps de l'abandonner, et le placèrent avec moi dans la bière qui fut close aussitôt.

J'y étais donc prisonnière ; mais sans regret. Qu'est-ce que la mort ? — L'oubli de la vie !... La fin des douleurs que l'on endurait sur la terre ou que l'on voyait supporter à ceux que l'on aimait.

La résistance d'une mouche est sans force quand l'heure du trépas a sonné.

Je me soumis donc à mon destin avec résignation, et je devins la compagne de la morte.

Les porteurs se saisirent du cercueil qu'ils descendirent au bas de l'escalier, et le déposèrent sur des tréteaux placés près de la porte de la rue.

Ils jetèrent ensuite dessus le drap destiné à le cacher, puis ils demandèrent du feu à la concierge pour allumer les deux cierges qui devaient brûler près du corps.

A peine était-il exposé qu'une personne s'en approcha doucement et prononça les paroles suivantes que j'entendis parfaitement, quoique dites à voix basse :

— Mon Dieu !... Ayez pitié de moi ! ne m'enlevez pas à vingt ans comme cette jeune fille que vous avez appelée vers vous... J'ai un père et une mère qui ne sont plus en âge de travailler. Ils n'ont que moi pour soutien... Je suis aussi une pauvre ouvrière ! Ayez pitié de moi, mon Dieu ! pour l'amour de mes vieux parents !... Recevez dans le ciel et pour guider mes travaux jusqu'à la nuit, l'étoile qui sous la forme d'une jeune fille vertueuse a dû briller à nos yeux.

Après cette prière, l'ouvrière jeta sur sa sœur quelques gouttes d'eau du bénitier, et s'éloigna.

Quelques instants silencieux s'étaient écoulés lorsque je reconnus une voix qui disait :

— Ah ! Jésus, Maria, vous avez donc perdu quelqu'un dans la maison ?

— Oui, répondit la concierge. C'est la petite ouvrière qui logeait dans l'une des mansardes donnant sur la cour. Madame la comtesse, n'a-t-elle pas eu occasion de la voir ?

— Une ouvrière !... Attendez donc !... Je crois en effet me rappeler qu'il y en avait une dont la mansarde était décorée tout l'été d'une guirlande de volubilis... Ah ! j'y suis à présent !...

J'ai eu occasion, comme vous l'avez dit, de voir cette ouvrière... et de lui procurer du travail pour les pauvres ; mais...

— Madame la comtesse en aurait-elle été mécontente ?

— Je ne me plains pas !... Mais je n'aime pas à occuper les gens qui sont à demi religieux...

La demoiselle en question, je le sais, n'allait pas souvent à la messe...Dieu lui demandera sans doute compte de ses négligences.

Néanmoins comme elle a bien voulu donner quelques heures de son temps aux pauvres que je soulage, je lui dois quelque chose.....

La comtesse de F... fit probablement le simulacre de s'agenouiller près du cercueil et de l'asperger ensuite ; mais rien ne retomba sur le drap mortuaire.

Elle n'était plus là lorsqu'un laquais dit à haute voix :

— M. le Général m'envoie demander à quelle heure on enlève le corps ?

Il est très-humilié d'avoir à retarder son départ pour la campagne... La voiture l'attend à deux pas d'ici et se trouve en regard du corbillard des pauvres qui stationne devant la porte-cochère...

C'est fort contrariant pour le Général qui s'impatiente et voudrait gagner la route de Saint-Cloud !...

En entendant ces paroles, je ne pus m'empêcher, au fond du cercueil, de faire encore de tristes réflexions sur le froid égoïsme des hommes.

— Le char du plaisir, me disais-je, précède le char de la mort... Qu'il le redoute, soit ! mais qu'il ne le méprise pas !

Enfin le corbillard donna satisfaction à la demande du général. Il s'éloigna de la maison pour porter la vierge à l'église...

Un passant posa cette question :

— Quel est le bonhomme au front chauve qui suit seul le convoi ?

— C'est le père de la jeune fille, répondit un bavard.

— Non pas ! reprit un interlocuteur ; j'ai su qu'elle était orpheline...

Si j'avais eu le temps ou le courage de satisfaire à la curiosité des gens, j'aurais pu, sans voir le bonhomme, leur nommer le père Lambert.

XXI.

Le Cimetière.

En quittant l'église où la pauvre ouvrière avait été reçue à la porte, et où elle n'avait eu qu'une légère aumône de prières, le corbillard prit la route du cimetière.

Cette route, me parut très-longue, et la marche du véhicule fort lente...

J'éprouvais des sensations semblables à celles que doit endurer le patient qu'on mène au supplice.

Elles me retraçaient aussi la torture que doit souffrir un malade sachant qu'il fait pas à pas dans son lit le chemin qui conduit à la mort.

Qu'il est long ce chemin pour le malheureux n'ayant plus d'espérance et que le médecin abandonne !

Je me rappelais les pressentiments de la jeune fille au sujet de la chûte des feuilles... Elle aussi avait dû souffrir en voyant tomber une à une toutes les feuilles de son existence retenue au tronc de la misère.

La voilà libre enfin ! me disais-je. L'arbre mort s'est dépouillé de ses feuilles avant de tomber sur la terre qui ronge déjà son écorce...

Encore quelques instants et le sable couvrira deux êtres égaux... la jeune fille et la mouche...

Ma phrase était à peine achevée, qu'un coup de sifflet lugubre annonça l'arrivée du convoi à la porte du cimetière.

La voiture entra.....

J'ignore par quelle avenue elle passa, ni au bout de quelle allée elle s'arrêta. Ce que je sais c'est que le cercueil fut descendu dans une fosse à l'aide de cordes, et que les planches de dessus faillirent rompre sous le poids de la charge de terre et de cailloux que l'on jeta sur lui.

C'en était fait ! j'habitais le séjour des morts, et je m'endormis le soir dans le champ du repos...

La nuit pour moi, promettait d'être sombre et calme ; mais je fus réveillée par un bruit sourd au dessus de ma tête.

Il pouvait être minuit.

Quelques coups de bêche donnés avec soin résonnèrent pourtant le long de ma demeure... Une planche forcée s'en écarta sur le côté... et je vis, à la clarté de la lune qui brillait de son plus bel éclat, deux hommes près de moi.

L'ouverture faite me permit de m'évader ; mais je restai témoin de ce qui allait s'accomplir :

L'un des hommes... c'était Ricard, dépouilla la morte de son drap.

Ce fut l'affaire de deux secondes ; car il paraissait avoir l'habitude de pareille besogne.

Il passa ensuite à la visite du cadavre... toucha les oreilles... puis les mains qu'il examina attentivement, et retira de l'un des doigts un anneau dont il s'empara.

Cet anneau, c'était la bague que le père Lambert avait respectée au doigt de la morte.

Ricard parut peu satisfait de l'aubaine. Il s'en plaignit même en ces termes :

— Les bijoux sont rares à présent ! Une bague usée et pas de boucles d'oreilles ! C'est peu récolter sur une femme. Si la misère se fait tondre avant de descendre au tombeau, nous ne deviendron jamais marchands de cheveux !... Le métier de fossoyeur ne vaudra pas un fer de bêche d'ici à quelque temps.

Heureusement pour nous qu'il y a toujours le commerce des draps qui nous sauve.

S'il venait seulement une bonne petite épidémie tous les six mois, nous ferions en linge une récolte assez bonne pour nous retirer des affaires avant cinq ans.

— Ah ! ça ? *monsieur* est-il présent ? demanda l'associé de Ricard.

— Mon fils, répondit celui-ci. Il doit être là...

Que faites-vous donc loin de nous, *monsieur* ?

— Je ramasse des débris de croix, pour faire du feu en rentrant au logis.

— Laissez ce vieux bois, *monsieur*. On ne vous a pas amené ici pour cet ouvrage. Le bûcher ne manque de rien.

— Il s'agit, reprit l'associé de Ricard, de visiter le caveau d'attente pour y dépouiller une vieille avare qui a dans son coffre, au dire des croque-morts, toute une riche parure, et il n'y a que vous, *monsieur*, qui puissiez passer par le trou d'ouverture.

— Une parure ! c'est-il des diamants ? demanda le fils Ricard.

— Taisez-vous ! *monsieur*, et venez avec nous... On vous rendra plus tard des comptes s'il y a lieu.

— Je suis prêt à vous aider, répliqua le gamin. Je passerais même par un conduit d'égoût, s'il le fallait ; mais je ne veux plus qu'on m'appelle *monsieur*.

— Pourquoi cela ?

— Parce que ce n'est pas mon nom. Je suis un Ricard.

— C'est possible ! mais ton père dit, et je l'approuve, que tu ne lui ressembles pas, et que tu as parfois des goûts de prince.

— Je vous entends... Je suis l'enfant d'un autre. C'est peut-être que j'ai été changé en nourrice. Dans tous les cas, je ne suis pas le frère du roi de Prusse et vous saurez qu'il ne plaît pas à *Monsieur*, de travailler pour ce roi là.

— Où en veux-tu venir, gamin ?

— A une chose toute naturelle, parbleu !

— Laquelle ?

— S'il y a des diamants dans le coffre que je visiterai, je vous en demanderai ma part.

— Plaît-il ?

— Ce sont mes conditions.

— Ah ! tu veux ta part des diamants... Je suis curieux de savoir ce que tu en ferais ?

— Je les placerais en rentes sur l'Etat.

— Voyez-vous, l'aristo !

— Oui-dà ? petit drôle, dit le père, tu n'auras rien !

— Rien, ça m'est égal ; si vous agissez mal avec moi, je vous dénonce tous les deux à la justice.

— Misérable ! s'écria Ricard indigné... Va ! tu n'es pas mon fils !... Je le reconnais à ton langage.

— Vous êtes bien susceptible en vérité. M'avez-vous enseigné à prendre des gants pour dépouiller les morts ? Je n'ai pas besoin de mitaines pour parler aux vivants.

— C'en est assez ! interrompit le complice de Ricard. Vous êtes des imprudents de vous fâcher la nuit dans le cimetière... Les morts ont des oreilles. Attendez que vous soyez de retour au logis.

Toi, méchant gamin, fais ton office de rat en passant par ce trou ; je te promets une récompense.

— J'y compte, répondit le fils Ricard.

Et il se faufila comme une couleuvre dans le caveau d'attente dont la pierre avait été dérangée par les deux hommes.

— As-tu le tourne-vis ? demanda Ricard.

— Il fonctionne.

— A merveille !... Tu me préviendras lorsque le coffre sera ouvert.

— Il est ouvert.

— Fais ta main.

— Nous sommes volés ? s'écria le fils Ricard.

— Que dis-tu ?

— Je dis que la morte a fait don de sa parure aux croque-morts. Elle n'a pas plus de bijoux que défunte ma grand-mère.

— Mauvaise chance ! grommela le fossoyeur.

Ferme le coffre, et reviens avec nous... Le partage aura lieu une autre fois.....

La pierre fut replacée sur l'orifice du caveau, et les trois individus s'acheminèrent ensuite vers un petit bâtiment à l'entrée du cimetière.

C'était la maison habitée en commun.

Lorsqu'ils y entrèrent, je pénétrai avec eux.

La chambre était éclairée par un feu de joie.

Près de la cheminée où ce feu flambait, je vis Larousse occupée à démarquer des draps.

Sa mère alimentait le foyer au moyen de vieux débris de croix et de cercueils...

La fumée, qui en sortait par tourbillons, noircissait le fond d'une marmite pendue à la crémaillère.

— Allons-nous bientôt nous mettre à table ? demandèrent les deux hommes. Il est grandement temps de souper après minuit.

— Nous vous attendions, pour mettre le couvert, dit la femme Ricard.

Débarrassez-vous du paquet de linge que vous portez.

— La charge n'est pas lourde, répondit Ricard :

Elle se compose d'un seul drap et d'une bague. Jamais récolte n'a été aussi maigre !

Au mot de bague, Larousse avait levé la tête ; et elle demanda à voir le bijou.

Son père le lui donna.

— Ah ! fit-elle avec un cri de surprise mêlé de satisfaction. L'ouvrière est donc morte que voici sa bague ?... Je la garde pour moi ; mais cette fois, je ne la perdrai pas dans le lit du voisin Lambert.

XXII.

La Clé des Champs.

La maison du gardien du cimetière était devenue un affreux cabaret. Les hommes et les femmes grossièrement attablés burent plus qu'ils ne mangèrent. A chaque instant Larousse envoyait son frère à la cave pour y emplir des bouteilles dont le vin disparaissait ensuite, comme par enchantement.

L'air que respiraient ces gens était nauséabond. Il me rappela celui de l'ignoble grenier où je les avais vus pour la première fois.

Comme je ne pouvais décemment assister à une orgie qui menaçait de se prolonger, je saisis le moment où la porte de la maison se trouva entrebaillée, par suite des sorties faites pour descendre à la cave, et satisfaite de voir une patrouille qui parut rôder à dessein autour des murs du cimetière, je pris la clé des champs pour m'en servir dès que le jour se montra.

Ces quatre mots : *La clé des champs*, paraîtront d'un emploi vulgaire si l'on n'en comprend pas l'étendue.

Je sais que le mot liberté rend mieux, dans certains cas, la pensée des hommes ; mais on comprendra qu'une mouche préfère : *la clé des champs*..

Nous avons vu, au chapitre de l'ennui, que l'homme souffre de l'esclavage et que moi, faible mouche, je m'ennuyais d'être retenue à la ferme.

J'avais voulu rompre avec mes habitudes, m'éloigner du sol natal, et faire un voyage à Paris.

Le jour du départ faisait le tourment de ma vie, je dois dire à présent que celui du retour fut le seul dont s'occupait mon imagination..

J'étais suffisamment instruite sur le faux éclat des choses et sur la triste conduite des hommes.

Je connaissais ou j'avais vu de près leur agitation, leur imprévoyance, leurs tourments, leur penchant pour le luxe, la fausseté des uns, l'égoïsme des autres ; la misère et ses haillons, la vertu sans protecteur, puis enfin des crimes impunis.

Et j'aurais voulu ne rien savoir.

Les mœurs douces et paisibles de la campagne étaient décidément ce qui me convenait... Malheureusement j'avais eu à Paris toute l'existence que le ciel accorde à une mouche... J'étais vieille sur l'automne, et je ressemblais à certaines gens qui pour jouir du temps heureux de la retraite attendent jusqu'à la dernière heure.

Je savais qu'il ne me restait qu'une faible part aux beaux jours espérés jusqu'à la Saint-Martin.

Ce retour de l'été ne devait pas être de longue durée. C'était un rayon d'adieu du soleil à la terre... Mais je pouvais encore profiter de ce rayon tiède pour m'envoler dans l'air, et y chercher la pointe d'un clocher.

Hélas ! Il était loin le clocher de mon village avec la ferme que j'avais délaissée.

Les ayant cherchés inutilement, je m'abattis sur la mousse qui bordait la lisière d'un bois dépouillé de ses feuilles.

Un homme y dormait... Il avait choisi la place où quelques brins d'herbe semblaient vouloir reverdir.

Près de lui se trouvaient déposés son sac et son bâton de voyage.

A ses vêtements, je crus reconnaître un militaire jeune encore auquel la paix avait permis de rentrer dans ses foyers. Et comme moi, il s'était estimé heureux de prendre la clé des champs.

Il se reposait, sans doute après une longue marche, et il attendait que ses membres fussent délassés pour se remettre en route. Mais cet enfant du courage, qui portait à la boutonnière de sa veste l'insigne des braves, ne se doutait pas, pendant son sommeil, que sa vie était en danger.

Une couleuvre en glissant doucement sous l'herbe s'approchait pour le piquer.

Que faire pour sauver l'homme ? Je n'avais qu'un

moyen, et je l'employai. Ce fut de passer entre ses moustaches.

Le militaire y porta vivement la main et se réveilla.

La couleuvre alors disparut, et moi je repris mon vol joyeux.

En traversant le bois, puis la plaine, j'aperçus un vaste enclos d'où partaient des voitures précédées d'un cheval d'airain jetant au loin de longs flots de vapeur.

C'était l'embarcadère d'un chemin de fer.

J'en avais entendu parler à la campagne, et je me laissai captiver encore par la curiosité.

M'étant donc dirigée vers l'enceinte de ce débarcadère, je pus admirer le génie de l'homme, et me faire une idée du progrès en voyant une locomotive marcher à toute vitesse et venir ensuite se placer à la tête d'un convoi.

J'eus de la peine à compter les wagons de différentes classes qui se suivaient ; mais l'un d'eux me tenta.

J'y entrai sans avoir pris de billet au bureau, et je me vis tout aussitôt, voyageuse privilégiée, emportée rapidement, dans ce wagon richement tapissé et doucement chauffé, avec des personnes de bonne compagnie, dont je me gardai bien de déranger les occupations.

Une dame lisait un petit livre assez coquet et fort spirituellement écrit. Ses enfants cherchaient leur plaisir dans un journal amusant. Le père crayonnait quelques vers sur son portefeuille. Il les avait intitulés : *Souvenirs d'Automne*.

Le feu de la composition me traversa aussi l'esprit... Je compulsai les feuillets de mon existence de mouche pour en former un petit volume, et le voyage me donna le temps de préparer mon œuvre.

Elle fut bientôt tout entière dans ma pensée ; il ne manquait plus que l'exécution.

Je craignais qu'elle mourût en chemin, lorsqu'à certaine station où le train s'arrêta, j'entendis appeler le lieu qui m'avait vu naître.

Je mis la tête à la portière du wagon, et je revis, ô bonheur ! les champs que j'avais parcourus avec les bœufs du laboureur..... Un peu plus loin... le clocher du village..... puis la côte ; mais la ferme n'y était pas..... Qu'était-elle devenue ? Hélas ! à sa place on ne voyait plus que des ruines !.....

J'appris que la fermière et son mari avaient péri par suite d'un incendie qui avait consumé leur demeure.

C'était une perte importante pour la comtesse de F.... à laquelle appartenait la ferme ; mais je n'eus pas le courage de la plaindre.

Je donnai des regrets à la bonne fermière, qui m'avait sauvé la vie, et je me retirai dans le creux d'un vieux saule pour y laisser mes écrits.

On trouvera, quand je n'y serai plus : *Le Roman d'une Mouche*.

FIN.

TABLE

DES MATIÈRES.

Le Livre 5
La Ferme 10
Le vieux Bidet 15
A propos d'un Cheveu 20
L'Ennui 26
Ce qu'on voit à Paris 32
Chez le Pâtissier 41
Le Concierge 49
Le Propriétaire 56
Le Général 64
Le Juge 73
Un Ménage 80
L'Ouvrière 90
Le père Lambert 99
Confidences 108
La Famille pauvre 114
La Famille Ricard 121
Le Mont-de-Piété 130
Le repos de l'Ouvrière 137
Le Convoi 145
Le Cimetière 151
La Clé des Champs 158

AMIENS. TYPOGRAPHIE LAMBERT-CARON.

OUVRAGES DU MÊME AUTEUR

Cent et une Fables, un volume in-8°, avec gravures.

Bouquet de Pensées, un petit vol. in-18, (épuisé).

Voyage à mon Bureau, un joli vol. in-18, (id.).

Nouvelles en Wagon, un joli vol. in-18, (id.).

Philosophie du Cœur (la) ou la Semaine anecdotique, un vol. in-18 Jésus.

Rouget de Lisle et la Marseillaise, biographie avec une gravure à l'eau forte, un joli vol. in-18.

Bosse d'Esope (la), recueil complet de nouvelles fables, lues en séances publiques, un vol. in-18, (épuisée).

Impératrice Joséphine (l'), biographie, un vol. in-18.

Viennet, biographie, un vol. in-18.

Berville, (Saint-Albin), biographie, un vol. in-18.

Juvénales (les), satires de notre époque, un beau vol. in-18

Nouveau Manuel du Savoir-vivre, un vol. in-18.

Véritable langage des Fleurs (le), un vol. in-18.

Albums littéraires, deux vol. in-18.

Le Roman d'une Mouche, un vol. in-18.

Pendant l'Orage, poèmes nationaux et historiques, un beau vol. in-18.

www.ingramcontent.com/pod-product-compliance
Ingram Content Group UK Ltd.
Pitfield, Milton Keynes, MK11 3LW, UK
UKHW020251250726
13967UKWH00004B/1603

9 782012 929975